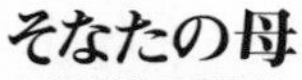

そなたの母

出直し神社たね銭貸し

櫻部由美子

時代小説文庫

角川春樹事務所

本文イラスト　丹地陽子
本文デザイン　アルビレオ

◘目次◘

●主な登場人物●

おけい — 天涯孤独の十八歳の娘。八歳で養父母に死に別れ、あちこちで下働きをしたあげく、下谷・出直し神社の手伝いをすることに。小柄で器量はよくないが、目端の利く働き者。

うしろ戸の婆 — 貧乏神を祀る出直し神社に仕える老女。千里眼の左目を持ち、参拝者の身の上話を聞いて壊れた琵琶を振り、たね銭を貸す。

お妙 — お蔵茶屋〈くら姫〉の女店主。出直し神社から遣わされたおけいを相談役に、たね銭で立て直した店が評判となった。もと御殿女中の才媛で美貌の持ち主。

お仙 — 魚問屋の嫡男・仙太郎として生まれたが、女の心を持ち、家を出て廻り髪結いをしていた。いまは髪結い当時の得意先だったお妙が開いた〈くら姫〉で、お仙の名でお運びをしている。

依田丑之助 — 南町奉行所の定町廻り同心。〈牛の旦那〉と呼ばれる大柄でいかつい風貌ながら、罪を未然に防ぐことにも注力する実直な若者。

権兵衛 — 餡屋〈笹屋〉の若旦那。煎餅屋〈えびす堂〉の双子の兄・ツルとはかつてのガキ大将同士、明神下小町と呼ばれる妹・カメとも幼馴染み。

出直し神社たね銭貸し

そなたの母

第一話

たまご売りのらほちへ——たね銭貸し銭四十文也

出直し神社のささやかな境内は、春をいろどる草花でおおわれていた。

ハコベ、ナズナ、タンポポ、ホトケノザ……。

われ先に可憐な花を咲かせるものがあるかと思えば、まずは葉や茎を四方に伸ばして、おのれの陣地を広げようとするものもある。

おけいは萌黄色の布を敷きつめたような地面に屈み、それらの若芽を摘んでいた。

（婆さまのお好きな母子草。少し採らせていただきますね）

白いうぶ毛をまとったハハコグサは、ゴギョウの名で春の七草に数えられる。ほかにもひと群にまとまっているハコベや、ぺんぺん草とも呼ばれるナズナを摘む。

これらを入れた若草粥が、おけいのお仕えする〈うしろ戸の婆〉の好物なのである。

昼餉に使う分だけ摘んで立ち上がると、目の前にこんもり茂った笹藪の奥から、慌ただしい足音が聞こえてきた。

隠れ里を思わせるこの社を訪れるには、大寺院の裏道に通じる笹藪の小道をくぐり抜けなくてはならないのだが、参拝客にしてはいささか急いているようだ。

身構えて待つおけいの前に、やがて木箱を背負った若い男が飛び出してきた。

「たまごは――おれのたまごはどこへ行った」

「えっ、たまご？」

首をかしげる小娘に目をくれようともせず、男は手提げ籠をぶら下げて、青い空を見まわしている。

おけいはますます首をかしげた。たまごはどこだと言いながら、なぜ空ばかり見ているのか。たまごが空を飛んだとでもいうのだろうか。

「飛んだんだよ。仕入れたばかりのたまごが、空を飛んで逃げたんだ」

たまご売りと思しき男は、上を向いて境内を歩きまわりながらわけを話した。

得意客の家の戸を叩こうとして足もとに置いた籠の中から、茹でたまごがひとつ、宙に浮いて逃げ出したのだという。

おけいは嫌な予感がした。茹でたまごが空を飛ぶはずはない。さては……。

『あっぽぉー』

思ったとおり、間抜けな鳴き声とともに、一羽の鳥が社殿の裏から飛び立った。貧乏神の使いとされる閑古鳥だ。

ただし、カラスよりひとまわりほど小さく、真っ黒な羽に目の上だけが老人の眉のように白いその姿が見えるのは、うしろ戸の婆とおけいだけ。常人には鳴き声さえも聞くことができない不思議な鳥なのである。

閑古鳥がたまごを盗んだと察したおけいは、すぐさま社殿の裏へ走った。

（あった！）

柔らかな草の上に転がされていたたまごを拾い上げ、ひび割れていないことを確かめてから、鳥居の側で空を見上げている男のもとへ持ってゆく。

「なんだ、裏庭に落ちていたのかい」

「はい。その、なんていうか、奇妙ですね」

「本当に妙だよなぁ。でも見つけてくれてよかった。自分が同じ目に遭うとは思っていなかったから焦ったよ」

近ごろ同じような怪異がよそでも起こっていると話す男は、ひとつ二十文で商う大事な売りものが取り戻せたことを素直に喜んでいる。

たまごが飛んだ真相まで詮索する気がないとみて、ホッと胸をなでおろしたおけいに、背後からしわがれた声がかけられた。

「お客さまかね。なら入ってもらうがいい」

社殿の簀子縁に立っているのは、背の低いおけいと同じくらい小柄な老婆だった。

まだ春だというのに生成りの帷子一枚を身につけ、まばらな白髪を頭のてっぺんでちょこんと結んでいる。顔は皺くちゃで、生まれたばかりの子猿にそっくりだ。

「婆さま、こちらは参拝のお客さまではなくて――」

「かまわないよ。せっかくだから団子でも差し上げよう」

団子と聞いて、去りかけていた背中がはたと止まる。

「お入りください。うしろ戸の婆さまがぜひにと言っておられますから」

おけいの勧めに応じ、男は踵を返して社殿に上がったのだった。


出直し神社の祭壇には貧乏神が祀られている。

木っ端に目鼻を描き、白い御幣を巻きつけただけの質素なご神体を見て、たまご売りは驚いていた。世間で嫌われる貧乏神に供物を捧げて『うちには来ないでください』と願う風習を知らなかったらしい。

神妙な面もちでご祭神を拝した男と、うしろ戸の婆が向かい合って座るのを見計らい、おけいは白湯の茶碗と団子の皿を出した。

「どうぞ、撤饌（お下がり）ですが、お召し上がりください」

団子好きと見受けられるたまご売りは、すぐさま甘辛いタレがたっぷりからんだみたらし団子に手を伸ばした。

「うん、美味い。これはどこの店の団子だろう」

またたくうちに三本たいらげ、白湯をすすりながら訊ねる。

団子は地元の門前町で売られているものだった。そこの女将が、決まって月初めに供えものをしてくれる熱心な信者なのである。

「そうか。今度また下谷へきたときに寄ってみるよ」

団子だったら何本でも食えるという男は、いかにも歩き売りらしく着物の裾をうしろ帯に挟み、股引の上から脚絆をつけていた。

背は六尺（約一八一センチ）近くあるだろうか。肩や胸まわりに隆々と肉がついて、行商よりも荷揚げ人足などの力仕事のほうが似合いそうだ。何より目を引くのは男の頭髪だった。短く刈り込まれた髪がくるくる渦を巻き、お釈迦さまにそっくりなのである。

「みごとな螺髪頭だね。ここまでの巻き毛は初めて見たよ」

うしろ戸の婆も男の髪を見て感心した。

「ああ、珍しいだろう」

こんな髪だから髷も結えないのだと、男が屈託なく笑い返す。

「あんた、歳はいくつだい。名前は？」

「歳は二十四、五歳――だと思う」

「思う、とは？」

婆の問いかけに、男は節くれだった指で己の螺髪頭を掻いた。

「おれは拾い子だから、いつ生まれたかわからないんだ。本当の名前も知らない。拾って育ててくれた浜のバアちゃんが〈らほち〉って呼んでいたものだから、まわりからもそう呼ばれるようになった」

螺髪が訛った〈らほち〉がそのまま名前になったのだと聞いて、いかにも興味深そうにうしろ戸の婆が身を乗り出す。

「面白い。白湯をもう一杯飲むついでに、あんたの人生について聞かせておくれ」

人生なんて大げさなものではないと照れながら、おけいが注いだ白湯をひと口含んで舌を湿らせると、らほちは穏やかな口調で話しはじめた。

「さっきも言ったけど、おれは拾い子だよ。川崎の手前にある松浦の浜辺に、戸板に乗って流れ着いたんだ」

今から二十年前のこと、秋の大嵐にともなう高潮が江戸の沿岸を襲い、佃島や霊岸島、深川などの低地に住む人々を家ごとさらってゆく惨事があった。

嵐が去った朝、松浦の小さな浜では、村人たちが総出で漂着物を探していた。難破した船の積み荷を村役の屋敷へ運んだあとは、焚きつけ用の板切れなどを拾うのである。

その中に一人暮らしの老婆がいた。浜の端まで歩いた老婆は、岩場の陰でふたつに割れた戸板と、その下敷きになっている四、五歳くらいの男の児を見つけた。引っ張りだして抱え起こしたところ、男の児は水を吐いて息を吹き返した。

「バアちゃんはその子——おれを家に連れ帰って介抱してくれた。大きな怪我はなかったけど、自分のことを何も覚えていなかった」

一緒に流れ着いた戸板には、荒縄が幾重にも巻きつけてあった。江戸で高潮に襲われた親が、万に一つの望みを託して我が子を戸板にくくりつけたことは察しがついたが、身もとが知れるものは何もなかった。

「村役は江戸のお救い小屋へ、おれを送り届けようとした。でも助けてくれたバアちゃんが手放そうとしなかったんだ」

とうに漁師の夫と息子を亡くしていた老婆は、螺髪頭の拾い子を『らほち、らほち』と呼んで可愛がり、半端仕事で得られるわずかな稼ぎと、持てる愛情のすべてを注いで育てた。そして、らほちが村一番の偉丈夫になったのを見届けて往生をとげた。

「おれ、バアちゃんが死ぬまでは、ずっと村で暮らすつもりでいた。でも……」

「自分が何者なのか知りたくなったのだね」

うしろ戸の婆の言葉に、らほちがうなずく。

「おれが生きているんだから、親も生き延びたかもしれないって思いついたんだ」

すぐにでも安否を確かめに行きたかったが、網元を兼ねる村役に引きとめられた。それから五年間、力仕事を引き受けるなどして村に恩返しをすませ、ようやく松浦を去ることが許されたのである。

江戸に出てきたらほちは、まず棒手振りのシジミ売りを生業とし、町中を流して歩きながら親の行方を探すことにした。

もちろん顔も名前も知らない親が、そう簡単に見つかるわけはないと覚悟はしていた。しかし、やれ二十年前にどこの町が丸ごと波に呑まれただの、人の遺骸が死んだイワシの群のように打ち上げられただの、客から悲惨な話ばかりを聞くうち、だんだん暗い気持ちになっていったという。

（無理もないわ。まれに見る天災だったと聞いているもの）

おけいは今年で十八歳。実際の大嵐には遭っていないが、海沿いの宿場町で育ったこともあって、大人たちから当時の話を聞かされていた。

「あの……もう回向院にはお参りされたのでしょうね」

「もちろん、江戸にきて真っ先に行ったよ」

おけいの言いたいことが、らほちにもわかったようだ。

被害の大きさから、高潮で亡くなった人々の埋葬は、お上の指揮のもとで進められた。のちに合同の葬儀が本所の回向院でとり行われ、毎年秋になると慰霊の法要が営まれている。つまり当時の過去帳を繰れば、死者と行方知れずの者がわかるはずなのだが、らほちの場合は肝心の親の名前に覚えがない。

残された手段はただひとつ。自分が戸板に乗って松浦の浜へ流れ着いたことを、商いのついでに話して歩くことだった。

「なにしろおれはこんな頭だからさ。ここまでの巻き毛は初めて見たって、さっき婆さんも言ってくれたよな」

行く先々で触れまわるうち、螺髪頭の若者が生き別れの親を探しているらしいと、もしかしたら親の耳に、あるいは親をよく知る者の耳に届くかもしれない——。そう願って、村を出てから今日まで一年近く、歩き売りの仕事を続けてきたのである。

「初めはシジミを商っていたのだろう。いつ、たまごにくら替えしたのかね」

「去年の秋からだ。神田須田町の〈とりの子屋〉さんが、うちのたまごを仕入れて売ってみないかって、声をかけてくれたんだ」

須田町市場の〈とりの子屋〉なら、おけいも名を知っている。たしか月に一度、客寄せの能楽を披露することで有名なたまご問屋だ。

ともあれ、らほちは喜んでその誘いにのった。シジミは朝のうちに売り切ってしまわなくてはならないが、たまごなら日が暮れてからでも売り歩くことができるからだ。

「それにしてもさっきは驚いたな。贔屓にしてくれる客の家を訪ねようとしたら、いきなり茹でたまごが宙に浮いて——」

「おお、そうだ」

空飛ぶたまごに話が及びそうになると、婆が巧みに話題をすり替えた。

「あんたに〈たね銭〉を授けてやろうじゃないか」

出直し神社ではたね銭貸しをしている。たね銭とは商いの元手になる縁起のよい銭のことで、カタも証文もいらない代わり、一年後に借りた銭の倍額を返す決まりがある。下谷の片隅にひっそりとたたずむ出直し神社には、日に一人か二人、たね銭を求めて参拝者が訪れるのだ。

祭壇の裏にあった琵琶をご神体の前に置くと、うしろ戸の婆は上下一本ずつしか前歯のない口から明瞭な声を出して祝詞を読んだ。婆を手伝って一年と半年が過ぎたおけいも、うしろに控えて声を合わせる。

やがて短い祝詞が終わり、再び琵琶を手にした婆が、らほちの正面に座った。

「あんたが実の親に会えるよう、祈願しておいたからね」

そう言うと、琵琶を頭の上に掲げて振りはじめた。

古色蒼然とした琵琶にはネズミに齧られた穴が開いており、この穴からたね銭がころがり落ちる寸法である。たね銭の額は一定ではない。お守り代わりの一文銭か四文銭が出ることが多いが、ときには銀子がこぼれ落ち、まれに小判の雨も降る。

（さあ、神さまは、らほちさんにいくら貸してくださるか）

コトン、コトン、コトン、コロコロコロ……。琵琶の穴から飛び出した銭が、次々と社殿の床を転がる。おけいが拾って婆に渡したのは、合わせて十枚の四文銭だった。

婆は銭の穴に麦わらをさしてつなげたものを、らほちに差し出した。

「持ってお行き。あんたのたね銭だよ」

「これ、どうすればいいんだい」

受け取った当人は、四十文を手のひらにのせて首をかしげている。

「好きにおし。お守りとして持っておいてもかまわないが、親を探すための元手に使うのが一番だろうね」

いつどこで使うかは、たね銭を手にした本人次第。ただし一年後の倍返しだけは忘れないよう釘(くぎ)をさされて、らほちは神妙にうなずいた。

「わかった。ありがたくもらっていく」

もみ殻と生たまごを詰めた木箱を背負い、茹でたまごの竹籠を提げた若者は、窮屈そうに笹藪の小道へ消えていった。

◉

その日の昼餉は若草粥だった。出来合いの白飯に塩茹でした若菜と白湯を混ぜ、七輪で温めただけの簡単なもので、それに旬の漬物を添える。

煮炊きをしない出直し神社では、おけいが買ってくる総菜で三食すませるのが常である。しかし今、若草粥の横には立派な厚焼きたまごが並んでいた。

「料理人の辰三さんが張り切って焼いたものです。どうぞ召し上がれ」

しきりに勧めるのは、うなじの上で髷を低く結った粋な女だった。柳緑や桃色、薄紫、浅葱などの多色を使った矢鱈縞の着物が、すらりとした長身によく似合っている。

「はい。仙太郎さん――いえ、その、お仙さんもご一緒に……」

慌てて言い直したおけいに、若い女が優しく目を細める。

「仙太郎でいいよ、おけいちゃん。それが私の本名なんだから」

女のなりをしていても、仙太郎は男である。商家の跡取りとして生まれながら、ずっと女になることを夢見てきたが、家を出て、廻り髪結いとなっても隠し続けてきた本心を、お蔵茶屋〈くら姫〉の店主・お妙に見透かされた。それを潮に女の姿で生きる決心をかため、今ではお妙の右腕として、お蔵茶屋で働く朋輩たちを束ねている。

「女の格好をするようになって、自分のことは『お仙』と呼んでくれなんて、まわりの人たちに強いてきたけど……」

さすがに一年経つとよけいな気負いが抜けたと笑って、仙太郎は次のように話した。

たとえ見た目は変わっても、自分が鮮魚問屋・湊屋久右衛門の子であることに変わりはない。むしろそれを誇りに思う。息子の生き方を両親が受けいれてくれたように、自分も仙太郎として悩み続けたこれまでの人生を受けいれたい――。

力強い言葉に、うしろ戸の婆も大きくうなずいた。

「いいね。それでこそ、たね銭を貸した甲斐もあるというものだ」

仙太郎がたね銭の金一分を授かったのは、昨年二月のことだった。今日はその倍返しの金二分を祭壇に供えたあと、手土産の厚焼きたまごを婆とおけいに勧めながら、〈くら姫〉の近況を話して聞かせた。

「お蔭さまで店は今年も盛況です。正月の折敷が思った以上の評判で、このひと月というもの、暮れ六つ（午後六時ごろ）の店じまいを待たず品切れになるほどでした」

お蔵茶屋人気は今にはじまったことではなく、昨年の夏ごろから二匹目のドジョウをねらう者たちが、次々と似かよった店を出すようになっていた。

そこで一計を案じたお妙が、〈くら姫〉を舞台とした菓子合せを催した。江戸中の菓子屋に声をかけ、抹茶、煎茶、ほうじ茶、それぞれに合う菓子を競わせたのだ。

〈宝尽くし〉のお題に沿った菓子合せは、たちまち江戸っ子たちの注目を浴びた。師走の決戦で一等に選ばれた菓子が年明けの折敷にのせて出されると、心待ちにしていた客は店の前に長蛇の列を作ったのである。

「それが一昨日まで続いたのですから、お妙さまの商いの才は特別ですよ」

我がことのように得意そうな仙太郎に、おけいがふと気になったことを訊ねる。

「一昨日までということは、昨日の月末はお休みだったのですか」

「ああ、まだおけいちゃんに話してなかったっけ」

これまで月初めの朔日だけ休んでいた〈くら姫〉だが、今年からは月末も休むことにしたのだという。

「月末は掛請いや支払いで忙しいだろう。それにお妙さまが、よその茶屋を見にゆく暇も欲しいとおっしゃるから」

〈くら姫〉を真似て店を出した茶屋の大半は、恐れるに足りないお粗末なものだ。ただし中には設えやもてなしに工夫をこらした侮れない店もあり、それらをお忍びで見てまわりたいというのである。

「おたくの別嬪さん、今の商いだけで満足していないようだね」

ぐふぐふ……と、うしろ戸の婆が喉の奥で笑いを転がした。

「次はどんな仕掛けを考えて客を驚かせるのか、楽しみなことだ」

楽しみと言えば、明日からえびす堂の〈角のさかずき〉が、お蔵茶屋でほうじ茶の折敷を飾ることになっている。菓子合せの決戦では、常連の志乃屋にあと一歩及ばなかったものの、二月の月替わり菓子として注文を請けたのだ。

「あの〈角のさかずき〉ならお客さまに喜んでいただけると、お妙さまは期待しておられます。じつはこちらへお伺いする前、明神下に立ち寄ってみたのですけど……」

ここで仙太郎がきりりとした眉をわずかにひそませた。神田明神下のえびす堂で、小さな揉めごとが起こっていたという。

「えっ、揉めごとって」

「ああ、大丈夫。すぐ収まったみたいだったから」

腰を浮かせかけるおけいを、仙太郎がなだめてつけ加えた。

昼酒に酔った男が、店主たちに罵声を浴びせただけだというのだが……。

●

二月二日の午後、おけいは下谷の寺町を出て御成り街道を歩いていた。

時候は春の盛りへと向かい、武家屋敷や町人地の庭に咲く梅の花が、路上を高貴な香りで満たしている。

（いい香り。でも、美味しそうな匂いもする）

梅の香にまじるかすかな味噌煎餅の匂いを嗅ぎ分け、おけいは鼻をくんくん鳴らした。

目の前の辻を曲がった二町ほど先に、煎餅屋を営むえびす堂があるのだが、今は立ち寄りたい気持ちを抑えて真っすぐ進む。

『心配だろうが、そちらはまだ大丈夫だよ』

今朝がた、明神下へ行ってきてもよいかと、うしろ戸の婆に伺いを立てたところ、やんわり首を横に振られてしまった。

今日はえびす堂が〈くら姫〉に月替わりの菓子を卸す初日である。万事抜かりはないだろうが、仙太郎から聞いた揉めごとの件も気になる。菓子合せにかかわった身としては、遠目にでも様子を見ておきたかった。

しかし婆は、たまご問屋の〈とりの子屋〉へ行くことを、おけいに命じた。

『たまご売りの男の口ぶりでは、閑九郎が悪さをしているようだからね』

いたずら好きの閑古鳥を、うしろ戸の婆は閑九郎と呼んでいる。もし問屋に迷惑をかけていたなら閑九郎を叱って、ついでに茹でたまごを買ってくるよう言いつかったのだ。

神田川を越えて八ツ小路を抜ければ、そこはもう須田町の市場だった。

〈とりの子屋〉は市場通りに面した間口の広い店だ。店台に置かれた大きな箱の中には、やんごとない姫君のごとく色白で、雑に扱えばすぐ壊れてしまう生たまごが入っている。ふかふかの藁やもみ殻で大切に守られ、近郊の農家から輿入れしてきたのである。たまごの見本も木箱の前に並んでいる。よく見かける鶏卵のほか、ひとまわりも大きなアヒルのたまごや、まだら模様のついた小さいウズラのたまごまで、いろいろ取り扱っているようだ。

数人の客が待っている軒下の端では、『茹でたて』と書かれた麻布が風に揺れ、店台に積まれたたまごが、ほんのり湯気を上げていた。

「ひとつくれ。ここで食っていくから、塩をつけてもらえるかい」

「アヒルの茹でたまごはあるかね。見舞いに持っていきたいのだけど」

かけ蕎麦一杯より値の張るたまごを求め、客はひっきりなしにやってくる。近ごろでは滋養の素となることから、病中病後、あるいは産前産後の見舞いとして人気があると聞いている。おけいも売り切れる前に、茹でた鶏卵をふたつ買い求めた。

（さあて、閑九郎はいつ飛んでくるかしら）

今のところ、カラスに似た鳥の姿は見当たらない。

軒の上、屋根の上、青い空を挟んだ向かいの家並みまで、何度か首をめぐらせたあとで視線を戻すと、さっきより〈とりの子屋〉の前に人が増えていた。仕入れにきた料理人やお店者たちに加え、明らかに通りすがりと思われる人々が店の前に立ち止まり、なかには振り分け荷物を肩にかけた旅人の姿まで見受けられる。

首をかしげるおけいの耳に、ちょうど八つ（午後二時ごろ）を告げる時の鐘が聞こえた。するとそれを待っていたかのように、カンッ、と、鋭い大鼓の音が店先に響く。続いて小鼓がポンポン鳴り、笛の音がピーヒュルルー、太鼓もテケテンテンと加わって、ひとそろいの囃子となる。浄瑠璃ではなく、寺社などで奉納される能囃子だ。

（あっ、そうか。今日は二月初めの酉の日だ）

ようやく合点がいった。〈とりの子屋〉では、月の最初の酉の日に、店の前で客寄せが行われる。とさか太夫と呼ばれる役者が能楽を披露するのだ。

店台のうしろで囃子方を務めるのは、唐人の格好をした四人の男たちである。

カン、カン、ポンポン、ピーヒュルルー。テケテン、カーン。

せわしなく奏でられていた能囃子が、ひときわ高い大鼓の音を合図に鳴りやむ。

束の間、しんと静まりかえった店先に、衣擦れの音が聞こえてきた。

サラサラ、サラサラ、純白の裳の裾を長く引いてひとりの舞人が登場した途端、路上で見ている客の口から、ほう、とため息がもれた。

立ち姿のよい舞人は、唐国風の衣装の上に白い毛皮をまとい、なぜだかニワトリの顔を模した面をつけていた。しかも頭にのせた烏帽子まで、鶏冠を思わせる赤色だ。

(これが、とさか太夫……)

噂に聞いていたおけいも、実際に見るのは初めてだった。

右手にかざす白羽扇。左手には金の神楽鈴――。摩訶不思議な姿に見入る人々の前で、再び流れる囃子に合わせた舞がはじまった。

シャララと鈴を振り鳴らした太夫が、白足袋で大地を踏む。やがてニワトリの面の下から、深みのある女の声が流れ出た。

〽これやこのぉ　行くも帰るもわかれてはー　知るも知らぬも逢う坂を　逃れし果てのくに境ぃ　函谷関に着きにけりー

聞いたことがあるような、ないような謡である。幸いおけいのすぐ横に立っていたご隠居が、まわりの見物人たちに小声で講釈をはじめた。

「この能楽はね、今から十年以上も前、とさか太夫の一座が浅草で人気を博していたころの演目から、一場面だけを抜き出したものだよ」

つまりその昔、太夫は浅草の宮地芝居に出ていたということだ。

「ところどころ昔の和歌が盛り込まれているが、本筋は〈鶏鳴狗盗〉という唐国の故事になぞらえた物語だ」

「はあ……」

おけいを含む見物人たちは、和歌はともかく鶏鳴狗盗の故事を知らない。そこで親切なご隠居が、かいつまんだ筋書きを教えてくれた。

「むかし斉の国に孟嘗君という大親分がいた。あるとき秦の王に捕らえられて命を狙われるが、王の城から逃れ出ることは難しかった」

秦王の寵姫に助けを求めたところ、狐の脇下の白い毛だけを集めて作った珍しい上着をくれるなら、逃してやってもよいと返事があった。

「だがその珍品は、すでに秦王に献上したあとだ。さあ、どうやって取り戻すか。そこで手をあげたのが、孟嘗君に客分として大事にされていた盗人だった」

盗人は狗（犬）のように這いつくばって宝物蔵に忍び込み、見事に上着を取り戻して、孟嘗君を城から脱出させた。ところが夜陰に紛れて逃げる途中、函谷関と呼ばれる関所で足止めをくってしまう。関所の扉は一番鶏（どり）が鳴かなければ開かない。

「そこで今度は、もの真似を得意とする客分が役に立った。男がコケコッコーと鳴くと、関所の近くにいたニワトリがいっせいに鳴きだして、番人に扉を開けさせた。ようするに取るに足りないと思われる者にも相応の取り得があるという教訓だな」

浅草の芝居では、ひそかに孟嘗君を恋い慕う王の寵姫が、優雅な舞で番人の目を釘付けにし、その隙（すき）に関所を破らせるという筋書きだったらしい。

隠居の話が続くあいだにも、白絹（しらぎぬ）の衣装に毛皮をまとい、王の寵姫と一番鶏をまとめて体現したとさか太夫が、舞の終盤を迎えようとしていた。

〽夜をこめてー　とりの空音（そらね）ははかるともぉ　あだなく声の悲しさやー　ゆるさぬ関の空とおく　飛びたつ君の愛（いと）しさやー

謡と囃子が唐突にやんだ。最後は見物人に顔を向けた太夫が、コケコッコォー！　と、声高く時を告げて、店の奥へと消えていった。

客寄せが終わったあとも、おけいは〈とりの子屋〉の前に立っていた。

見物人のなかには、木戸銭のつもりで茹でたまごを買い求める者もいるが、大かたは店に立ち寄ることなく散ってゆく。

おけいも帰ると見せかけて、少し離れた天水桶(てんすいおけ)の脇に身を隠した。

鼓や笛を鳴らしていた男たちは、いったん引っ込んで唐人の衣装を脱ぐと、またすぐ店に出てきた。どうやら番頭や手代(てだい)が囃子方を務めていたらしく、『いつも不調法をお聞かせいたします』などと愛想よく客に話しかけている。

普段の商いに戻った店をこっそり見張っていたおけいは、サッと黒い旋風が空をかすめた気がして目を凝らした。

（もしかして……）

あんのじょう、背の高い店台の縁にとまった閑古鳥が、積み上げられた茹でたまごの山からひとつを選び、くちばしに咥(くわ)えようとしている。

「あっ、でたっ」

不穏な動きをするたまごを見て、店台の裏にいた小僧が声を上げた。

「番頭さん、大変です。たまごが飛びそうです！」

「またか！」

番頭たちが駆けつけるより早く、茹でたまごを咥えた閑古鳥が翼をひろげ、ふわりと空へ舞い上がった。

「おおっ、たまごが飛んだぞ」

常人には姿が見えない閑古鳥の所業である。慌てふためく奉公人たちの目には、たまごだけが宙に浮き上がったかのように映るのだろう。

ともあれ翼のない人の身ではどうすることもできず、あっという間に屋根より高く上がったたまごを仰ぎ見るだけだ。そのうち居合わせた客も空を指して騒ぎはじめたが、たまごを咥えた閑古鳥は、これ見よがしに店の上をぐるぐる飛び続けている。

（閑九郎ったら、人が騒ぐのを見て面白がっているのね）

ここはひとつ、うしろ戸の婆の言いつけどおり、いたずら鳥を叱ってやらねばならない。

おけいは鼻息を荒くして天水桶の陰からとび出した。

「こらーっ、いい加減にしなさーいっ！」

天に向かって張り上げるその声を聞き分けたか、ゆっくりと下りてきた閑古鳥は、道の真ん中で仁王立ちするおけいの手のひらにそっとたまごをのせると、いずこともなく飛び去っていった。

やれやれと安堵（あんど）したのも束の間だった。困ったことに〈とりの子屋〉の奉公人だけでなく、客や通りすがりの人々まで、大勢の目がこちらを向いている。

「あ、あの、これを……」

店台の前にいた小僧にたまごを渡して、あとは一目散に逃げ帰ったのだった。

足もとの畳は青みを帯び、爽やかな藺草の香で客間を満たしていた。

女房と畳は新しいほうがよい――。よく耳にする言いまわしが古女房に対して失礼だと思う一方、張り替えたばかりの畳表の匂いは捨てがたい。

おけいが座布団を脇に置いて待っていると、せわしげな足音とともに屋敷の主が現れた。

「呼びつけたうえに待たせてすまなかった。頭を上げてくれ」

それは、おとぎ話に出てくる鬼に羽織を着せたような男だった。

歳は五十過ぎというところか。中肉中背だが、がっちりと身がしまり、日焼けを重ねた赤銅色の肌からは、若者に引けを取らない活力が滲み出ている。しかも面構えが並ではなかった。立派な下顎が横にも前方にも大きく張り出して、硬い岩でもガリガリ嚙み砕いてしまいそうだ。

〈とりの子屋〉店主の仁蔵は、見る者を威圧する厳めしい表情で言った。

「足を運んでもらったのはほかでもない。らほちから話は聞いていると思うが、どうだろう。力を貸してもらえないかね」

螺髪頭の若者が再び出直し神社を訪れたのは、ほんの半時（約一時間）前のことだ。

『頼む。あんたを連れて行くって、〈とりの子屋〉の旦那に約束しちまった』

らほちは大きな身体を屈め、おけいの前で手を合わせた。

『今朝がた仕入れに行ったら、昨日の客寄せのあと、若草色の袴をつけた小柄な巫女さんが空飛ぶたまごを呼び戻した話で、もちきりになっていたんだ』

それでつい、小さな巫女さんならよく知っている、自分も助けてもらったことがあると自慢したところ、帳場にいた仁蔵の耳に入って、居所を知っているなら今すぐ連れてくるよう頼まれたらしい。

じつは〈とりの子屋〉では、たまごがひとりでに浮き上がったり、宙を飛んで逃げたりする怪異がたびたび起こるようになっていた。売り物に逃げられて困るのはもちろんのこと、あの店は物の怪に憑かれているなどと噂を立てられては厄介だ。

『たぶん仁蔵の旦那は、あんたに見張り番を頼みたいんだよ』

流れ者の自分に目をかけてくれた恩人である。ぜひ力を貸してやってほしいと頭を下げられて戸惑うおけいに、うしろ戸の婆は皺だらけの顔に笑い皺を加えて言った。

『いいじゃないか。行っておやり。それからね――』

続きはおけいの耳もとで、ひそやかに告げられた。

『ことのついでに、たまご売りのおっ母さんの顔を見ておいで』

一連のやりとりを思い返しながら、おけいはかしこまって返事をした。

「わたしごときでお役に立てるのでしたら、お引き受けいたします」

「よし、決まった」

仁蔵はごつごつした手で膝を打って立ち上がった。

「寝床と食事はこちらで用意する。しばらく居てもらうことになるだろうから、屋敷の中を案内させよう。——おーい三十治郎よ。話はついたぞ」

すぐさま現れた番頭におけいを預け、仁蔵は慌ただしくその場から消えた。

有名なたまご問屋の店主ともなれば、せっかく張り替えた畳表の香を楽しむ暇もないほど多忙らしい。

「こちらへどうぞ、巫女さま」

自分は正式な修行をおさめた巫女ではない。名前で呼んでほしいと頼む。

「わかりました。では、おけいさん。奥さまがお待ちですので、先に離れ座敷のほうへご案内いたしましょう」

番頭を務める三十治郎は、店主の仁蔵と同じ歳のころである。腰が低くて人あたりもよい反面、些細なことが気になる質らしく、屋敷の奥へと歩きながら、らほちとのかかわりについて訊ねてきた。

そこでおけいは、最初にらほちが出直し神社にやってきた経緯を話して聞かせた。もちろん閑古鳥がたまごを盗んだことは内緒だが……。

「なるほど、飛んで逃げた茹でたまごがご縁となりましたか」

しきりにうなずきつつ、縁側から離れにつながる渡り廊下へとおけいを導く。

「あの若者は、庭続きの裏長屋に住んでいます。旦那さまがえらく気に入られて、奉公人として取り立てようとなさったのですが」

あいにく当人は、歩き売りをしながら実の親を探したいと言って申し出を断った。それでも仁蔵は気を悪くすることなく、自分の店のたまごを売り歩くよう勧め、裏長屋に店子として入れるよう便宜まで図ってやったという。

「らほちさんのこと、高く買ってらっしゃるのですね」

「ええ、まあ、よく働きますし、気持ちのよい若者ですからね。商いのほうも――」

そこで話をやめた番頭が、廊下の突き当たりで膝をついて、障子に声をかけた。

「太夫、お連れいたしました」

中で応じる声が、少し離れて待っているおけいにも聞こえた。

先に行くよう促されてにじり入ると、あとに続くとばかり思っていた番頭が、廊下側から障子を閉めてしまった。おけい一人で挨拶をしろということだ。

部屋は六畳間ほどの広さの板張りだった。ここは次の間で、唐紙のふすまで隔てられた左側に本座敷があるようだ。

（あ、お面だ。あんなにたくさん）

正面の長押に張り子の面が掛けられていた。お祭りなどで見かけるヒョットコやお多福ではなく、キツネ、サル、ウサギ、イヌ、トラなど、獣の顔をかたどったものが、十枚ばかり横一列に並んでいる。面の下には大小の柳行李と小簞笥の類が置かれ、その真ん中で、文机に向かう奥方らしきうしろ姿があった。

「はじめまして。本日よりこちらでお世話になります、けいと申します」

「よくきてくださいました。仁蔵の妻の、とさか太夫です」

おけいは驚いた。店の前で能楽の主役を務めていた舞人が、〈とりの子屋〉の奥方だったというわけだ。しかも、もっと驚くことがあった。身体ごとこちらへ向き直ったとさか太夫が、ニワトリの顔をしていたのである。

「驚かせてしまいましたね。ごめんなさい」

息を吞む娘に、太夫がすまなそうな声色で言った。

「仔細あって、人と会うときはかならずこの面をつけているのです。店の者は慣れっこになっていますけど、あなたはびっくりしたでしょう」

「いえ、その、失礼いたしました」

恐縮するおけいに、太夫は自分がここにいるわけを、かいつまんで話してくれた。

昨日も物知りのご隠居が言っていたように、とさか太夫は十年前まで、浅草宮地芝居の一座を率いていた。先代が得意とした能楽を取り入れた演目が評判で、舞台がはねたあとには、贔屓筋のお座敷に招かれることもしばしばだったという。

「あの日も〈とりの子屋〉の招きを受けていました。夜半過ぎまで続いたお座敷が引けるころ、芝居者が集まって暮らす長屋から、火が出たことを知ったのです」

太夫が帰り着いたとき、すでに長屋は焼け落ちたあとで、老齢の先代を含む一座のほとんどが逃げ遅れて亡くなっていた。

「途方にくれる私に、救いの手を差し伸べてくれたのが、今の亭主でした」

独り身だった仁蔵は、すでに四十歳のとさか太夫を妻として迎えたばかりか、難を逃れた一座の者たちまでも、店の奉公人として引き受けたのである。

その恩に少しでも報いようと、太夫は月初めの酉の日に一座の生き残りと店先へ出て、市場を歩く人々に芝居の一場面を見せるようになった。

「初めは舞人の私のほかに、笛と大小の鼓だけでしたが、そのうち番頭さんが太鼓を習って、囃子方に加わってくださいました」

太夫たちの気持ちが天に通じたのか、〈とりの子屋〉の客寄せは思いのほか評判を呼び、月初めの酉の日には、遠くから見物人がやって来るようになった。それに合わせてたまごを仕入れる客も増え、一年、二年と経つうちに、江戸でも名の知られたたまご問屋となったのだった。

なるほど、宮地芝居の太夫が商家の奥方におさまった理由はよくわかった。しかし、なぜ人前でニワトリの面をつけたままなのか、肝心のところが不明である。

（顔にお怪我でもなさったのかしら……）

答えを聞くことができないまま、おけいはいったん離れから退出した。

◉

「いらっしゃいまし。よいお日和でございますね。今朝はいくつご用意しましょう」

「茶碗蒸しを頼まれているんだ。鶏卵二十個、あとで届けてもらえるかい」

「うちにはウズラを五十個頼む」

朝一番から、〈とりの子屋〉の店先は盛況だった。客の大半は、市場の青物を仕入れにきた料亭や仕出し屋の料理人たちである。

少しずつ世に出まわるようになったとはいえ、並の家の食膳にたまご料理がのる機会は少ない。特別な日に料理屋へ行って奮発するご馳走か、身体の弱った者に精をつけさせるための薬食いというところだ。それでも近ごろでは、芝居小屋で出される弁当などに、厚焼きたまごやウズラの茹でたまごが収まっているらしい。

「少々お待ちください。この次にご用をお聞きしますので」

店が立て込む時刻になると、順番を待たされる客も出てくる。おけいは店台のうしろに座ったまま、忙しい手代たちに代わって注文を取りたい気持ちをこらえた。

じつは〈とりの子屋〉で見張りをはじめて六日目に、店主の仁蔵からお小言をくらっていたのだ。

『それはいかん。あんたに頼んだのは、空飛ぶたまごの見張りだけだ』

空飛ぶたまごの見張り——つまり閑古鳥のいたずらを防ぐことがおけいの役目なのだが、そこは気まぐれ鳥のこと、いつも決まった時刻に現れるわけではなかった。

相手も見張られていることを知っている。まずは向かいの屋根から様子をうかがい、ちょっとした隙にたまごを咥えて飛び立つそぶりを見せ、『こらっ』と叱られたら、またすぐ元の場所に戻す。こんな応酬が日に一度か二度あるだけだ。

根っから働き者のおけいにしてみれば、これしきの仕事で一人前に三食をいただくのは、あまりに申し訳ない。怪異を見張りながら売り場を手伝わせてほしいと三十治郎に訴えても、困ったような顔をされるだけだ。

（いいわ。お客さまのお相手だけがお店の仕事じゃないもの）

もとよりおけいが得意とするのは、掃除、洗濯、水汲みなどの下働きである。

たまごが飛びそうになったら知らせてくれるよう小僧に頼み、空いた時間で手伝いがしたい旨を女中頭に申し出た。

ところが、『間に合っております』と断られてしまった。気を取り直して裏庭へ行き、井戸端で洗濯をしている女中見習いの女の児を手伝おうとしても、怖い目つきとそぶりで追い払われる。ついには店主の仁蔵に呼び出されてお叱りを受けたのだった。

『よけいなことはせんでいい』

近隣の村まで足を延ばし、鳥飼をしている百姓家をまわってきたという仁蔵は、赤銅色の大顎をおけいの眼前に突き出した。

『うちでは奉公人の技量に応じて仕事を割り振っている。与えた役目が完璧にこなせるようなら、年少の者であっても上の仕事につかせるし、たとえ新参の見習いでも、見込みがあると思えば奉公人として取り立てる』

横から人の仕事を手伝うということは、その機会を奪う結果につながるかもしれないのだと諭され、おけいは己の軽はずみを詫びたのだった。

そんなことがあった翌日の昼下がり、とさか太夫の離れに呼ばれた。

「どうです、おけいさん。私の仕事を手伝ってくれませんか」

ニワトリの面をつけた太夫は、いかにも親しげに持ちかけてきた。一緒に張り子の面を作ろうというのだ。

「だって、たまごが飛ぶのは日に一度、多くても二度でしょう。そのあいだ、ただじっと店に座らせておくなんて、若い人には酷な話ですからね」

仁蔵に叱られた話を耳にしたのだろう。売り場から『たまごが飛びそうだ』と知らせが入るまで、ここで面の作り方を覚えればよい、もう仁蔵の許しはもらってあるという。

おけいとしては、その親切な申し出を断る理由がなかった。

「手先はあまり器用なほうではありませんが、どうぞご教授ください」

二つ輪の蝶々髷を結った頭を下げると、面の下から嬉々とした声が響いた。

「そうと決まれば、さっそく裏紙の張り方からお教えしましょう。おけいさんはどの面がお好きかしら。ご覧のとおり、うちにあるのは獣や鳥ばかりなのですけど」

指さす長押には、見本となる生きものの面がずらりと並んでいる。太夫と同じニワトリの面もあるが、くちばしが突き出した鳥の面は、見るからに難しそうだ。

なかなか選ぶことができないおけいの代わりに、太夫が長押に手を伸ばしてキツネの面を取ってくれた。お稲荷さんの縁日でよく見かける面である。

「やはり初めはキツネにしましょう。そのうち手が慣れたら、可愛らしいイヌやウサギも作れるようになりますから」

話しながら柳行李の蓋を取り、中からキツネの顔の木型を選り出す。

「こちらの型の上に紙を張り重ねて、ほどよい厚みになったら剝がして乾かします。あとは見本のとおりに絵の具で色をつけるだけですよ」

言うは易いが、実際の手順はもう少し込み入っていた。

まず紙に糊を塗って木型に張る。最初に使うのは新しい紙だが、面の厚みを出すために張り重ねてゆくのは反古紙である。古い書簡や店の帳面、読売などを千切って使う。ただ均等に張るだけではいけない。出っ張ったところ、へこんだところ、顔のかたちに合わせて重ね具合を考え、よけいな皺を作らないよう細心を払う。

「いったん手を止めて、自分の目の高さに持ち上げてごらんなさい。ほら、右の頰よりも左の頰が盛り上がっているのがわかるでしょう」

左右の高さをそろえ、ちょうどよい厚みにするのが思っていたより難しい。うまくできれば最後に白い紙を張って色を塗るのだが、おけいが初めて作ったキツネ面は、誰かにこっぴどく殴られたような、でこぼこだらけの顔になってしまった。

「おけいさん、おけいさーんっ。また、たまごが動きだしましたよぅ」

お呼びがかかったのは、ふたつ目のキツネ面とにらみ合っているときだった。

「すぐ参ります！」

太夫に会釈だけして店先へ急ぐ。下駄を履くのももどかしく店表へ出ると、真向かいの屋根の上に閑古鳥がとまっていた。真っ黒なくちばしに茹でたまごを挟み、やっときたかと言わんばかりの下目づかいでこちらを見ている。

もちろんその姿が見えるのはおけいだけで、奉公人たちには屋根の上に浮くたまごしか見えていない。それすら目に入らないふりをして商いを続けるのは、へたに騒いで衆目を集めるような真似はするなと、店主の仁蔵に申し渡されているからだ。

（こらっ。悪ふざけはやめなさい）

おけいも声には出さず、心の中だけで叱りつけた。

騒ぐ者がいなくては、閑古鳥とていたずらの甲斐がない。つまらなそうに頭を横に振ったかと思うと、プイとたまごを放り出してしまった。

（えっ、うそっ、閑九郎のいじわる！）

茹でたまごとはいえ、地面に落ちたらつぶれてしまう。

その前に受けとめようと、両手を伸ばして右往左往するおけいの頭の上で、大きな手が空から降ってくるたまごをしっかりつかんでくれた。

「よう、相変わらず忙しそうだな」

「依田さま！」

雄牛を思わせる大柄な男が、仔牛のような優しい目でおけいを見下ろしていた。南町奉行所定町廻り同心の依田丑之助である。

「番頭に話だけは聞いていた。下谷の神社からきた巫女さんが、あやかしの見張りをしているってな。やはりおけいさんのことだったか」

内神田を持ち場とする丑之助は、須田町の市場にもよく足を運んでいるらしい。ただし、あやかしは自分の受け持ちではないと言って、手の上のたまごを若干気味悪そうに眺めながら返してくれた。

「その……どうもありがとうございます」

おけいは深くお辞儀をすることで、赤く火照ってしまう自分の頬を隠した。

依田丑之助とは、去年の秋に〈妖しい刀〉の一件で知り合い、続く事件とも関わるうちに親しくなった。そしていつしか、温厚かつ清廉な丑之助の人柄に惹かれはじめたのだが、あくまでおけいの側から寄せるだけの、片葉の葦にも似た思いである。

「これは依田さま、いつもお見まわりご苦労さまでございます」

店主の仁蔵も表に出てきて頭を下げた。

「どうだい、あれから変わったことはなかったか」

「はい、お蔭さまで。飴屋の親分さんも気にかけてくださいますし、特に変わりはございません。立ち話もなんですから、どうぞ中で――」

茶を飲んでゆくよう勧め、紺地に白くたまご形を染め抜いた暖簾の中へ案内する。

うしろに続くおけいも、もう少し見張りを続けるつもりで店台の脇に残った。

「――それでな、もう半月以上も前のことになるのだが」

店座敷の上がり口からは、ゆったりとした丑之助の声が聞こえてくる。

「伊賀町の蠟燭屋が、例の手口にしてやられたことがわかった」

ほう、さようでございますか、と、仁蔵が頑丈そうな大顎を引いた。茶を喫するあいだの閑談かと思いきや、御用にまつわる話のようだ。

「騙された店主はお上に訴えなかったが、盗られた金子が十両を超えていたことで、奉公人が番所に投げ文をして発覚したのさ」

「では、その蠟燭屋のご店主も？」

「子供のころは目黒の寺で育てられたそうだ」

「さようでございましたか……」

静かな言葉つきとは裏腹に、みるみる仁蔵の頰が赤みを増してゆく。

おとぎ双紙に出てくる赤鬼そっくりの顔を見ながら、丑之助が悄然としてつぶやいた。

「早晩に同じ手は通用しなくなると思っていたが、甘かった」

どうやら二年ほど前から江戸で繰り返されるようになった、ある騙りの手口についての話かと思われる。

「人の弱みにつけ込んで騙すとは言語道断。許しがたい悪行でございます」

仁蔵が憤りを込めた声で言うように、騙される側にはひとつの共通する事情があった。みな幼いころに親と生き別れ、苦労に苦労を重ねた末に、身代を築き上げた者たちばかりだったのである。

おけいが聞いた話では、その騙りの手口は、〈そなたの母〉と呼ばれている。

ある日突然、そなたの母じゃと言って、実の母親を名乗る女が現れる。そして生き別れになった事情を涙ながらに語り聞かせ、ようやく探し当てた我が子が立派な分限者になっていたことを喜ぶのだ。

ここでいきなり金をせびって怪しまれるような下手は打たない。今では自分も田舎町の商家で後妻におさまり、不足のない暮らしをしているなどと話して安心させ、江戸見物にかこつけて、しばらく家に泊まり込む。

あとは下にも置かずもてなされているあいだに、ゆっくり金子を盗み出すか、あるいは路銀を掏られたとか言って金を借用し、逃げ失せてしまうのである。

くだんの蠟燭屋でも、母親だと名乗って訪ねてきた女を泊めるうち、簞笥の中から金が消えていた。ところが、金子がなくなると同時に母親が行方をくらましたと気づいても、店主はそれを隠そうとした。

「みんな同じだよ。これまで〈そなたの母〉に騙された連中が、進んでお上に訴えたことは無いに等しい」

それがこの騙りの巧妙、かつ卑劣なところだった。

捨て子、迷子——。江戸には親の顔すら知らない子供が大勢いる。寺やお救い小屋などで育てられ、早くから世間の荒波にもまれるうち、人の道から外れてしまう者もいれば、才覚を磨いてひとかどの人物になる者も出てくる。たとえどのような立場になろうとも、彼らが等しく胸に抱くのは、実の親に会いたいという願いだった。

やはりあれは自分の母親だったかもしれない。本当は食うにも困る暮らしをしていて、やむなく騙りの真似をしたのではないか——。

そんな考えがわずかでも生じれば、もうお上に訴え出ることなどできない。どれほど身を持ち崩していようとも、実の母親なら庇（かば）ってやりたいと思う子の心を利用した、ずる賢い手口といえる。

「奉行所の記録方が書き残す数より、実際にはもっと多くの〈そなたの母〉が、江戸の町で稼いでいることだろう。とにかく、この店は気をつけたほうがいい」

怪しい者がきたらかならず番屋へ知らせるよう言い残し、丑之助は悠揚迫らざる足取りで帰っていった。

そろそろ自分も太夫の離れに戻らないといけない。店台の脇から立ち上がったおけいは、反対側の店の隅で、木箱の陰にひそむ人影に目をとめた。

（あら、あれは……）

一瞬目が合った小さな人影は、足早に店の奥へと走り去ってしまった。

◘

夕餉（ゆうげ）どきを迎えた台所に、仕事を終えた奉公人たちが次々と集まってくる。

大忙しの台所女中は、見習いの女の児にあれこれ指図しながら湯気のあがる汁物を椀に注ぎ、続いて茶碗に飯を盛りつける。

おけいも本当は夕餉の給仕を手伝いたかった。さして役立っているとは思えない見習いの女の児を見ていると身体がむずむずしてしまうが、人の仕事に手を出さないという店のしきたりは守らねばならない。

なるべくまわりを見ないですむよう、うつむいて自分の箱膳を見下ろす。

今夜のお菜は厚揚げと山菜の煮つけだった。山盛りの麦飯にはたくわんが添えられ、味噌汁の代わりに、溶きたまごを流し入れたすまし汁がついている。こればかりはたまご問屋ならではの贅沢と言える。

「これ、おひな。煮汁が膳の上にこぼれてるじゃないか」

せっせと飯を茶碗に盛りながらも、台所女中の目はしっかり見習いの動きを見ている。おひなと呼ばれた女の児は、慌てて膳の上を拭こうとして、すまし汁の椀をひっくり返してしまった。

「あーあ、この子ったら！　おけいさん、袴にかかりませんでしたか」

大丈夫だ。こんなこともあろうかと、いつでも身をかわす準備はできていた。

「もうここはいいから、新しいお椀と布巾をもっておいで」

おひなは口を横一文字に結んだまま、水屋のほうへ走っていった。

そのうち奉公人たちが、温かい飯を頬張りながら、昼間の出来事などを冗談まじりに話しはじめた。今夜は仁蔵が問屋仲間の寄り合いに出かけている。店主のいない夕餉の席に、いつもよりゆるい雰囲気が漂うのは当然のことで、お目付け役の番頭も無粋は言わず、若い衆のおしゃべりを笑って聞き流している。

そこでおけいも、自分の右隣で飯をかき込んでいる手代に声をかけてみた。

「あの、さっき定町廻りのお役人さまが、この店は気をつけたほうがいい、と言い残してお帰りになりましたけど、あれはどういうことですか」

「ああ、牛の旦那のことだね」

最後に残しておいたたくわんを口に放り込んだ手代は、ポリポリとよい音をさせながら軽い調子で応えた。ちなみに牛の旦那とは、大柄かつ厳(いか)つい身体つきで、本物の牛のようにゆったりと歩む依田丑之助のあだ名である。

「あの旦那は、いつうちの店に〈そなたの母〉がきてもおかしくない、まだ現れていないのが不思議なくらいだ、と思っていなさるのさ。それと言うのも――」

ここで手代が声を低める。

「うちの店は、旦那さまをはじめ、番頭さんや、手代のほとんどが親なし子なんだよ」

「えっ、旦那さまも、ですか」

おけいは驚いた。おそらく奉公人の中にそんな境遇の者がいるのだろうと予測はしていたが、まさか店主の仁蔵や番頭までがそうだとは思わなかった。

「旦那さまは大きな百姓家のお生まれだ。子供のころに流行り病でご家族をいっときに亡くされて、練馬村の西方院に預けられたんだよ」

「西方院……？」

「おや、ご存じありませんでしたか」

おけいたちの声が聞こえたか、それまで茶を飲んでいた番頭が話に加わった。

「あの寺には、今も身寄りのない子供が大勢暮らしております。むしろ昔より人数は増えたでしょうね」

番頭によると、西方院は子育て寺とも呼ばれ、身寄りのない男の児を引き取って育てることで知られていた。近くには女の児だけ育てる別院もあり、どちらの寺でも常に二十人ほどの子供を世話していたという。

「江戸には捨て子も迷子も多ございますからね。かくいう私も、今から五十年以上前に、西方院の山門脇にある杉の木の下に捨てられた身でございました」

子育て寺の目印ともなっている大木の根元には、よく赤子が捨てられた。名前を書いた札が添えられていることもあるが、生まれ落ちてすぐ粗末な布にくるまれただけで置き去りにされる赤子のほうが多かった。

「そんな子には、寺の住職が名づけ親になってくださいます。ただ、捨て子の数が多いと、考えが追いつかないこともあるようでして……」

たまたま大木の根元に捨てられた三十人目の赤子であったことから、自分は三十治郎になったのだと、番頭はいかにも可笑しそうに笑った。

「旦那さまは私よりひとつ年上なだけですが、七歳で西方院に来られたときには、ずいぶんしっかりした子供でした」

親を亡くした仁蔵は、親戚も知り合いもいない自分の立場をよくわきまえており、寺に入ったその日から年下の子供の世話をするなどして役に立った。しっかりしているうえに頭もよい。じきに仮名の読み書きを覚えて、ほかの子供に教えることができたし、夜は寺の僧侶から漢籍を習うなどして教養を身につけた。

「私どもは村の子供らにいじめられそうになると、決まって『仁蔵に言いつけるぞ！』と叫ぶのです。そうすると村の子は何もせずに引き上げてゆくわけですよ」

仁蔵が村の子供に暴力をふるったことは一度もない。赤い顔に大きな顎が恐ろしげに見えたことと、立場の弱い者をいじめることの非について、道理を説いて相手を納得させる賢さから、寺の子も、村の子も、大人たちまでも、仁蔵に一目置いていたのである。

「ただし寺で暮らせるのは、十一、二歳から遅くて十四歳まで。その先は自分の力だけで生きていかなくてはなりませんでした」

出来のよい仁蔵には、寺に残って僧侶の修行をする話もあった。しかしそれを断って、十四歳の春に寺を出たきり消息を絶ってしまった。三十治郎はそれよりも前に小間物屋の奉公に出ており、二人が次に出会ったのは、寺で別れて十年目のことだった。

「当時、私は二十二になっていましたが、捨て子だという理由だけで、ほかの奉公人より低く見られておりました」

どれほど真面目に働いても手代にしてもらえない。年下の小僧が先に手代へ取り立てられても指を咥えて見ているしかなかったある日のこと、使い帰りの両国橋の上で、声をかける者があった。

『おい。おまえ、三十治郎じゃないか』

ハッとして振り返ると、懐かしくも厳めしい大きな顎が目の前にあった。寺を去ってから江戸中の市場をめぐって商いを学んでいたという仁蔵は、そのとき内神田の青物市場で仲買の手伝いをしていたのだった。

己の才覚だけを頼りに、いつかきっと自分の店を持つという仁蔵の話を聞いて、三十治郎もすっぱり小間物屋を辞める決心をしたという。

「それからの数年は、ひたすら旦那さまを信じてついてゆくだけでした。旦那さまは青物市場で扱われているたまごの商いに目をつけ、いずれ仲間株を買ってたまご問屋になると心に決めておられたのです」

いつの間にか、おけいだけでなく、飯を食い終わった手代や小僧もその場にあつまり、番頭が語る仁蔵の出世物語に聞き入っていた。

「寄る辺ない身で問屋の店主になるためには、夢見ているだけではどうにもなりません。だからと言って、がむしゃらに働けばよいというものでもないのです」

まず仁蔵は市場での取引を覚えることからはじめ、次に棒手振りの塩干魚売りをしながら農村をまわって、どの村にどれほどのニワトリが飼われているのかを調べた。やる気のありそうな百姓がいれば、いずれ自分の店でたまごを買い取る約束をして雛鶏を与え、上手な飼い方まで教えてやった。

そうこうするうち、裕福な百姓たちの中から、仁蔵の後押しをしてやろうと考える者が現れた。そして、両国橋で三十治郎と再会した日から十年後には、本当に自分の店を持つことができたのである。

「もちろん順風満帆の船出というわけにはまいりませんでした。江戸にはすでに二十軒を超えるたまご問屋がございましたし、初めの数年は借金を返すのがやっとの苦しい商いが続きました」

何かひとつ〈とりの子屋〉の名を世に知らしめるための妙案はないものかと、仁蔵は厳めしい顔をもっとしかめて考え込むようになった。そんな折、鷲神社へ参拝した帰りに、浅草に寄って宮地芝居を見物しようと、三十治郎が誘ったのである。

「ほんの気晴らしのつもりでお誘いしました。けれども、とさか太夫がニワトリの面をつけて舞台に立つのを見た旦那さまは、これぞ瑞兆と思われたそうでございます」

●

おけいが〈とりの子屋〉にきて十日が経った。

昨日も一昨日も、閑古鳥はたまごを盗みにこなかった。店の者が素知らぬ顔をするのがつまらないのか、あるいはもうこの遊びに飽きたのかもしれない。

「まあ、今回はよくできましたね。右と左がほとんど同じに仕上がっていますよ」

「太夫のお蔭です。ありがとうございます」

無聊をなぐさめるための面作りも、ほんの少しだけ上達した。顔料と筆を使って色をつけたキツネの面は、見本より目尻が垂れてタヌキのようにも見えるが、太夫は上出来だと言って褒めてくれた。

「この調子で別のお面を作ってみましょう。今度は何がいいかしらね」

行李の中から見本の面を取り出す声が、少女のごとく弾んでいる。

ここ数日のあいだに、とさか太夫とおけいはすっかり心安くなっていた。太夫は趣味と仕事を兼ねた張り子の面を次々と仕上げながらも、素人のおけいに面作りの基本を教え、おけいもまた太夫に問われるまま、自分の生い立ちなどを語って聞かせた。

裕福な村役人の家に生まれながらも、不義の子として里子に出され、育ての親とも八歳で死に別れたことや、奉公する店がことごとくつぶれ、何軒もの商家を渡り歩いたことなど、出直し神社でうしろ戸の婆に拾われるまでの、不運としか言いようのないおけいの人生に、とさか太夫はニワトリの面の下で涙をぬぐった。

『そうでしたか。まだ若いのに、あなたも苦労したのですね』

あなたも、ということは、自分も苦労の多い人生だったということになるが、太夫は自身について語ろうとはしなかった。

「さあ今度はどのお面にしますか。可愛いのはイヌかウサギですけど」

もし、ほかに作りたい面があるなら、玩具問屋に木型を用意してもらうとまで言われ、おけいは思いついたことを口にしてみた。

「そんなお面は見たことがありませんが、面白そうですね」

太夫がうなずくと同時に、廊下側の障子の向こうで大きな声が響いた。

「こらっ、盗み聞きなんかして！」

タタタタッ、と、軽くて速い足音が裏庭のほうへ走り去ったかと思うと、障子を開けて上女中（かみ）が頭を下げた。

「大声を出して申し訳ございません。またあの子が下世話な真似をしていたもので」

「おひな、ですか」

はい、申し訳ございません、と重ねて詫びる上女中は、かつて浅草のとさか太夫一座に加わっていた役者だった。十年前の火事で命拾いをしてからは、同じく難を逃れた三人の男衆とともに〈とりの子屋〉の奉公人として働いている。ちなみに店主の仁蔵を除けば、店の中で太夫の素顔を知っているのは、この四名だけだという。

「まったく、あの子には手を焼きます。愛想がなくてガサツなうえに、屋敷の中をこそこそ嗅ぎまわって、泥棒ネズミみたいな……」

「これ、喩(たと)えが悪いですよ」

軽く太夫にたしなめられても、しつけを任されている上女中としては、おひなの不作法が目に余るらしく、所作が男の児のように荒っぽいことや、いつもふてくされた顔をしていること、叱られても素直に謝らないことなど、積もりに積もったうっぷんをぶちまけたあとで、ようやく本来の用を思い出した。

「ああそうだった。おけいさん、旦那さまがお呼びです」

仁蔵は初めて〈とりの子屋〉を訪ねたときと同じ客間で待っていた。

遅くなったことをおけいが詫びると、大きな顎をしゃくって自分の前に座らせ、改まった様子で言った。

「近ごろ怪異の回数が減ったと聞いている。あんたのお蔭だ」

おけいはめっそうもないと首を横に振った。

「たいしたことはしておりません。わたしのほうこそ寝食のお世話になったうえ、奥さまにお面の作り方まで教えていただいて、とても感謝しております」

畳に手をついて答えながら、そろそろ今回の役目が終わるのだと悟った。

いたずらに飽いた閑古鳥は、今日もたまごを盗みにきていない。たまごが空を飛ばないとなれば、見張り役もお役御免となるだろう。

そう予測していたおけいに、思いがけない提案があった。

「たまごの怪異はさておき、あとしばらく、うちに残ってもらえないだろうか。なんというか、うちの太夫がえらくあんたを気に入ってね」

厳つい顔にかすかな照れを浮かべながら、仁蔵が本音を明かす。

「もうしばらく話し相手になってもらいたいから、理由をつけて引きとめてほしいとねだられてしまった」

「そんなことを、太夫が……」

ニワトリの面で顔を隠し、ひたすら離れに閉じこもって張り子の面を作る太夫のことが、おけいも気になっていた。話し相手を欲しがるということは、やはり今の暮らしに寂しさを感じているということだ。

「そこでだ。今月の三の酉の日まで、うちに留まってもらえないだろうか」

どう返事をしたらよいかと思案する娘に、すかさず仁蔵が畳みかける。

「じつは引きとめる理由がもうひとつある。こちらは無理にとは言わないが、もし頼めるのなら、見習いの女中から話を引き出してもらいたいのだよ」

「見習いというと、おひなさんのことでしょうか」

仁蔵が頑丈そうな下顎を引いた。

おひなが雇われた経緯（いきさつ）については、ほかの奉公人たちからおおよその話を聞いている。たしか去年の師走に入って間もないころ、いきなり店にやってきて、ここで働きたい、ぜひ働かせてほしいと、自ら願い出たらしい。

「最初は三十治郎が追い払った。うちは練馬の西方院か、各所のお救い小屋で育った子供たちの中から、お店（たな）奉公をしたいと望む者を引き受けてきたからな」

そもそもお店の奉公人は、口入れ屋（くちいれや）の紹介か、信頼のおける知り合いを通して雇うものであって、身もとの知れない者をその場で引き受けるような軽はずみはしない。

しかしながら、親なし子として苦労してきた仁蔵は、同じ境遇の子供たちにも商いで身を立てる機会を与えたいと考えていた。何度追い払っても、ここで働きたいと言い続け、店の前に座り込む女の児がいると聞いて、女中見習いとして置いてやるよう計らったのだが、あとになって厄介なことがわかった。

「あの子がうちにきてからしゃべったのは、おひなという名前と、歳が十二だということだけ。あとは何を訊ねても答えようとしない」

もとから口数が少ないのか、あるいは話す気がないのか、誰が何を話しかけても、まともな返答があったためしがない。いつも唇を横一文字に引きむすび、大人たちに叱られながら、女中見習いの仕事をこなそうと奮闘しているのだが……。

「みな手を焼いている。女中に向いていないだけかもしれんが」

いったん面倒をみると決めた以上、再び路上へ放り出すような真似はしたくなかった。たとえ別の奉公先を探してやるにしても、紹介状くらいは書いて持たせてやりたい。

そこで――と、仁蔵は大きな顎をグイと前に突き出した。

「さっき言ったとおりだ。さして歳の離れていないあんたになら、おひなも心を許すかもしれん。太夫の相手をするついででいい。素性を聞き出してもらえないか」

思いやりのある仁蔵の依頼を、断ることなどできなかった。

◉

朝餉が終わった台所で、おけいはせっせと掃除をしていた。

ほうきで掃いた板の間に雑巾をかけ、乾いた布を使って仕上げの乾拭きをする。顔が映るほど艶の出てくる床板を磨きつつ、頭の中で次の段取りを考える。

子供のころから身体に沁み込んだこの手順が、鼻歌が出そうなほど楽しかった。慣れているというより、根っから下働きの仕事が好きなのかもしれない。

「きれいにお掃除してもらって助かります。まあ、鍋や釜もぴかぴかですね」

すぐにでも昼餉の支度に取りかかれそうな自分の持ち場を見て、台所女中が満面の笑みを浮かべて喜んだ。

仁蔵に言い含められている女中たちは、おけいが仕事に手を出しても以前のように文句を言わなくなった。むしろ自分たちの仕事がはかどることを歓迎しているようだ。

「いま、おひなが裏で洗濯をはじめましたよ」

こっそり耳打ちまでしてくれる。

ここ数日というもの、おけいはわざとらしく思われないよう気をつけながら、見習いの女の児を手助けしている。さっそく裏庭の井戸端へ行ってみると、洗濯板の上で汚れものを力まかせに擦る子供の背中があった。

「同じところばかり強く擦っていると、布が傷んでしまいますよ」

何をやらせてもおひなは手荒い。洗濯ものを洗う力加減もわからないらしく、これまで寝間着や下着を何枚も破いては叱られていると聞く。

おけいはサイカチの実を煮出した汁を使って、汚れを落とすコツを教えてやった。

「こうして汚れのひどいところに泡をたてて、優しく擦ってください。サイカチの実は、台所女中さんに頼めば煮てくださいますから」

「………」

おひなは返事をしない。ひったくるように洗濯ものを奪い返し、また無言でゴシゴシと擦る。さっきに比べて少しだけ手つきが優しくなったことが、こちらの言うことを解している証しである。

「そろそろ濯ぎましょう。別のたらいに洗濯ものを移して、水を捨ててください」

おひなは重いたらいを抱え上げ、汚れた水を溝に流した。悪いところばかり目立っているが、十二歳の女の児としては力持ちである。水道井戸で水を汲むのもお手のものだ。十八歳になっても極端に背の低いおけいは、ほぼ自分と同じ背丈のおひなが器用に水を汲み上げる姿に、つい感心して見とれてしまった。

「本当に長柄杓の扱いがお上手ですねぇ。わたしはこれが一番苦手なんです」

「あたいの姉ちゃんも――」

低いつぶやきにハッとする。いま耳をかすめたのは……。

「――姉ちゃんも、長柄杓を使うのが下手だった」

やはりおひなの声だ。

おけいは逸る気持ちを抑え、まだ何か言いたそうにしている唇が動くのを待った。

ところが間の悪いことに、こちらへ近づいてくる足音が聞こえた途端、おひなは牡蠣のように口を閉ざしてしまった。

（ああ、せっかく会話の糸口がつかめたと思ったのに）

その場に顔を出したのは、とさか太夫付きの上女中だった。邪魔をしたとは知らない上女中は、おけいを見つけて笑いかけた。

「太夫が一緒にお茶を飲みたいとおっしゃっています。玩具問屋に頼んでいたお面の木型も届いたそうですよ」

「承知いたしました。ここが一段落したらうかがいますとお伝えください」

お茶の相伴（しょうばん）なら急ぎではない。そう考えて洗濯ものに手を伸ばそうとすると、おひなの子供らしくない硬い手が、ぴしゃりとおけいの指をはねつけた。

「大きなお世話だよ。あんたはのんびりお茶でも飲んで、お面をこさえてりゃいいのさ。そうだ、もうアマガエルのお面をかぶっていたね」

「これっ、なんて失礼な！」

目を三角にして叱りつけたあと、上女中がびっくり顔でつけ加える。

「あの子ったら、ちゃんと口がきけたのね」

当人はさっさと庭の奥へと逃げてしまっていた。

「おひながそんなことを言いましたか。ごめんなさいね、おけいさん」

離れに戻った上女中が洗いざらいぶちまける話を聞いて、とさか太夫は申し訳なさそうに詫びてくれた。

「平気です。わたしは気にしていませんから」

まったく気にならないと言えば嘘になる。だがおけいは、左右の目が大きく離れ、口も大きい自分の顔が、カエルに似ているという事実を受けいれていた。それに、ただのカエルではなく、わざわざ『アマガエル』と言ってくれる人たちに悪気はなく、むしろ好意や思いやりが含まれていることも知っている。

（焦ることはないわ。きっとおひなさんは心を開いてくれる）

お茶をいただいたあと、おけいはいつものように太夫の話し相手をしながら、玩具問屋から届いた木型で面作りに取りかかった。

太夫は作業机から離れ、針仕事に精を出している。本来こんなことは女中の役目だが、自分が一番ヒマだからと言って、奉公人たちの着物まで繕っているのだ。

「お面作りは暇つぶしです。能楽を見せるのも月に一度きりですし」

客寄せをはじめた当初は、ひと月に二度、ないし三度めぐってくる酉の日に合わせて舞を披露していた。浅草で人気だったとさか太夫をひと目見ようと、市場を訪れる人々で通りが混み合うほどの盛況だったというが、二年、三年と年月が経つにつれて見物人の数が減ってゆき、それに合わせて客寄せの回数も減らしたらしい。

「今は一の酉だけのおつとめですが、それでも昔のように人は集まりません」

市場にきた人々が通りすがりに足を止める程度では、もはや客寄せとは呼べない。何よりこの十年間で、〈とりの子屋〉の名は世間の隅々まで知れ渡った。

「これから先の十年は、滋養があっておいしいたまごを、もっと多くの人に食べてもらうために費やしたいと、うちの人は言っています。そろそろ能楽は終わりにして、新しいことをはじめる時期にきているのですよ」

ニワトリの面の下で軽いため息をつき、太夫は次に繕う着物を手に取った。身ごろの布を継ぎ足した男物の紺絣(こんがすり)には、おけいにも見覚えがある。

「それ、もしかして、らほちさんの着物ですか」

「わかりますか。これだけ大きなものは、古着屋で買うにも高くつきますからね」

たまご売りは木箱を背負って歩きまわるため、どうしても着物の背中や肩のあたりが擦(す)れて傷んでしまう。穴が開く前に別布をあてて補うのだと言って、太夫は色褪(いろあ)せた着物を膝の上でやさしくなでた。

手ずから着物を繕ってやろうとする太夫も、シジミ売りから奉公人に取り立てようとした仁蔵に負けず劣らず、らほちを好ましく思っているようだ。

「ええ、ええ。とても人懐こい子でね。シジミを売り歩く先々で、お得意さまを作っていたのです。うちで最初に目をとめたのは台所女中でしたけど」

ただ愛想がよいだけでなく、らほちは客の話をよく聞いていた。一緒に暮らす人の数や好みを知ると、シジミのほかに買ってもらえそうなものを仕入れてゆくのである。

「うちの人はタコの干物が好きで、硬ければ硬いほど喜ぶのですけど、それを聞いた次の日には、歯が折れそうなほど硬いタコを仕入れてきましたっけ」

たしかに仁蔵の立派な顎なら、どれほど硬いタコの足でも噛み切ってしまいそうだ。

ともあれ、たまご売りにくら替えしてからも、らほちは闇雲に歩きまわるのではなく、どこへ行けば確実に買ってもらえるのか考えて商いをした。

たとえば大店で働く奉公人より、力仕事についている男たちのほうが、日ごろからたまごをよく食べる。芝居小屋が建ち並ぶ堺町には、贔屓の役者への差し入れとして、まとめて茹でたまごを買う上客がいる。日が暮れたころの遊里へ行けば、これから色宿に揚がる男たちが、たまごで精をつけようとするし、同じ遊里に朝早く出向けば、仕事を終えた女郎が疲れを癒すためにたまごを求める。

（さすが、旦那さまが目をかけるだけあるのね）

木型に紙を張りながら感心するおけいの横で、太夫は殊更ていねいに、らほちの着物を繕い終えた。

その日の夕方、おけいは〈とりの子屋〉の裏長屋を訪ねた。らほちに着物を届けるよう、とさか太夫に言いつかったのである。

帰りが遅くなる日もあると聞いていたが、部屋の表戸は開いていた。

「ごめんください。お預かりしていたものをお届けにまいりました」

「はいはい、どちらさまですか」

予想もしない女の声に驚いて、土間に踏み入れていた片足を戻す。

おかしい。らほちは独り身だと聞いている。だのに、どうして家の中で女が返事をするのか。本当は嫁がいたということだろうか……。

ドブ板を跨いで立ち尽くすおけいの前に、当のらほちが商いを終えて帰ってきた。

「こんなところに突っ立ってどうした。ああ、着物を持ってきてくれたのか」

「は、はい。太夫がこれを」

肩に当て布がされた着物を受け取って礼を言うと、らほちは怪訝そうにしている娘を、土間に招き入れた。

「はいってくれ。おヨネさんを紹介するから」

やはり嫁をもらったか、いずれ嫁になる娘がいるらしい。ところが——。

「これはこれは、巫女さま。らほちがお世話をおかけいたします」

奥から現れた女を見て、おけいは二度びっくりした。

それは六十に手が届くかと思われる老女で、二十代半ばの若者の嫁としては、いささか歳がいきすぎていた。けれども老女の肩越しに見える座敷には、飯と味噌汁、魚の煮つけなどをのせた箱膳が、向かい合わせに置かれている。これから仲よく夕餉にするところだったのだろう。

あれこれ想像が先走ってしまうおけいに、らほちが軽く咳払いをして言った。

「えーと、おヨネさんとは昨日の晩に会ったばかりだけど、どうやらおれを産んでくれたおっ母さんらしいんだ」

おけいの目が、三度目の驚きに見開かれる。

「ヨネと申します。どうぞお見知りおきくださいまし」

「こ、こちらこそ——」

よろしくと言いつつ、心の中に別の気がかりが生じた。

何の前触れもなくやってきて、実の母親を名乗ったという老女を、本当に信じてよいのだろうか。世間には騙りの手口として知られた〈そなたの母〉の例もある。ここは慎重を期したほうがいいと思うのだが、当人を前にそこまで言えない。

ともかく長屋の家主でもある仁蔵の耳にだけは入れておこうと、いったん店へ戻りかけたおけいの前に、また別の女がやってきた。

唐桟を模した粋な小袖を着こなした女は、螺髪頭の若者を見るなり叫んだ。

「ああ、ようやく会えた。私だよ。あんたのおっ母さんだよ！」

●

二月二十日の朝は、霞のかかる春らしい空模様だった。

ネコヤナギの枝が揺れる裏庭の井戸端で、おけいは見習いのおひなと水汲みをしていた。おひなが長柄杓で汲み上げた水を、おけいが台所まで運ぶのである。

力を合わせて仕事をするようになっても、おひなは口をきいてくれない。先だってのような憎まれ口でもいいから声を聞きたいのだが、頑なに唇を引き結んだままだ。

「水瓶がいっぱいになったら、朝餉の配膳を手伝いましょう。今朝はワカメのお味噌汁だそうですよ。おひなさんの好きなお味噌汁の具はなんですか？」

「…………」

横目でじろりとにらまれてしまった。やはり話をする気はないらしい。

あきらめるのは早いと自分に言い聞かせ、手桶を提げて台所へ運ぶ。大きな瓶に水をあけていると、眠たそうに目を擦りながら、若い男が土間に下りてきた。

「おはよう、早くから精が出るな」

「らほちさん、おはようございます。昨夜はよく眠れましたか」

まあまあ眠れたと答え、自分の長屋へと帰ってゆく背中を見送りながら、おけいは心の中でつぶやいた。

（なんだか、ややこしいことになった……）

らほちの長屋には、二人の母が暮らしている。五日前に訪ねてきたおヨネと、その翌日にやってきたお貞という女である。母親が会いにきてくれたのはよいが、らほちには幼いころの記憶がないので、どちらが本物の母かわからない。決め手になるものが見つかるまで、四畳半の狭い長屋に双方を住まわせることにしたのだ。

実の母を名乗る女が二人も現れたと知って、本人より心配したのが仁蔵だった。母たちに夜具を譲り、自らは土間に筵を敷いて寝ているという気のいい若者に、どちらか一方はなりすましの悪人かもしれないから、正体がはっきりするまで気を許すなと言い聞かせ、夜は自分の店にきて休むよう取り計らった。

今らほちは、昼間はたまごを売り歩き、朝晩は長屋で二人の母と飯を食い、夜になると〈とりの子屋〉の奉公人部屋で眠っている。

朝餉の片づけと掃除がすむと、おけいはいったんおひなの側を離れ、とさか太夫の離れに戻った。そこで預かった品をたずさえて、今度は裏の長屋へ出向く。

らほちを気にかけているのは仁蔵だけではない。むしろ太夫のほうが心配でたまらないらしく、しきりに二人の母の様子を知りたがるのだ。

「ごめんください。〈とりの子屋〉の奥さまからお茶の葉の差し入れです」

「恐れ入ります。昨日も結構なお品を頂戴したばかりなのに」

唐桟にたすきをかけた女が、ほうきを手に現れた。二人の母のひとり、お貞である。

川崎宿の医者の家で女中をしているというお貞だが、二十年前までは佃島の漁師町に住まいしており、大嵐の夜に家族を高潮にさらわれていた。

それがつい先日、市中へ使いに出た際、死んだ亭主と瓜ふたつの歩き売りを見かけた。もしや息子が生きていたのではないかと考えたら矢も楯もたまらず、長屋まであとをつけてきたのだという。

「おや、おけいさん。いらっしゃい」

そこへ洗濯ものを抱えて、もう一人の母のおヨネがやってきた。

おヨネも二十年前に深川で家族を流され、その後は板橋宿の旅籠で働いている。今回まとまった休みをもらい、ゆっくり回向院を参ろうと江戸に出てきた矢先、息子にそっくりの螺髪頭と出くわした。すぐに呼び止めて当人に話を聞いたところ、二十年前に戸板に乗って、松浦の浜に流れ着いたという。これは自分の息子に違いないと、そのままついてきてしまったのである。

二人の母は、死んだものと思っていた息子と再び出会えた僥倖を喜び、二十年前に戻ったかのように世話を焼いた。もちろん本当の母親はどちらか一方と決まっているが、双方ともに自分こそが実母だと言って引き下がろうとしない。

もしこれが〈そなたの母〉の手口を使った騙りだとしたら、息子から銭を引き出して、さっさと行方をくらますところだ。その点においても二人の母は勝手が違った。

「お茶の葉をいただいたことだし、あの子に団子でも買ってこようかしら。深川の霊巌寺前で売られている茶団子が、値は高いけど美味しいらしいから」

そう言ってお貞がたすきを外すと、おヨネも余裕の笑みを浮かべて応じる。

「きっと喜ぶでしょうよ。あの子は小さいころから団子が好きだからね。夕餉はあたしがクジラの鍋を作りますから、どうぞお出かけください」

おけいの知るかぎり、こうして二人とも身銭を切っては、らほちに美味しいものを食べさせている。そして表向きは和やかに、仲よくやっているようにふるまいながら、互いに相手を出し抜く機会をうかがっているのだ。

この日もお貞が深川へ出かけたあと、おヨネが胴巻の中から巾着を出して言った。

「お手数ですが、これでお店の生たまごを買ってきてもらえませんかね。いいえ、らほちからは買いません。どうせ自分も食べるのだから銭はいらないと言うに決まっています。それにおけいさんなら、卸し値よりも安く売ってもらえそうだしね」

目尻に皺をよせるおヨネは、なかなか抜け目がないようだ。

ともあれ、息子に美味しいものを食べさせたいという母心を汲み、おけいは小銭の詰まった巾着を持って長屋を出た。

「それで、たまごはいくつ買えたのですか」

離れに戻ったおけいに、どこか不安そうなとさか太夫が訊ねた。

「八個です。お預かりした銭は八十文でしたが、番頭の三十治郎さんがおまけをしてくださいました」

たまごの値は季節や大きさによって変わる。今は生の鶏卵ひとつが、十二文ほどの卸し値で売られていた。

「生たまごを八個も買って、おヨネさんはどんなご馳走を作るおつもりでしょう」

「さあ、そこまでは――」

詳しく聞かなかったが、旅籠の台所を任されるほどだから、玄人らしい料理が作れることは確かだろう。ウナギを入れたたまご焼きか、海苔の代わりに薄焼きたまごを使った巻寿司か、それともつるんとした喉ごしの茶碗蒸しか……。

おけいが思いつくかぎりのたまご料理を挙げているあいだに、もう太夫は別のことを気にしていた。

「二人のお母さまたちは、らほちさんのことを何と呼んでらっしゃるのかしら」

お貞の息子の名は正次郎。おヨネの息子は清六という名前だったらしい。

どちらの名前も、当のらほちには覚えがなく、それをきっかけに昔の記憶を取り戻すこともなかった。別々の名で呼んでもややこしいだけなので、これまでどおり『らほち』と呼ぶことを二人の母も承諾している。

そうですか……と、しばらく物思いに沈んでいた太夫は、やがて一歩踏み込んだことをおけいに訊ねた。

「あなたの見立てでは、どちらが本物のお母さまだと思いますか」

これは簡単に答えられることではなかった。どちらの母も息子に尽くそうと懸命になっているように見えるが、しっくりこない点もあるからだ。

たとえば、背が高くて肉付きのよいお貞は、今年で四十二になると言っている。けれどもその白い肌には十分に張りがあり、髪も艶やかで黒々としている。少なくともおけいの目には、四十過ぎの女に見えない。

反対に、小柄で色が黒いおヨネは、自ら称する四十八歳という年齢よりも遥(はる)かに老けていると思われた。顔に深く刻み込まれた皺や、白い髪、前歯の欠けた口もとを見るかぎり、六十と言われても納得してしまいそうだ。

「やはりどちらかは、〈そなたの母〉なのでしょうか」

太夫の心配はもっともだが、実の母を騙った盗人にしては解せない点もあった。

そもそも、親のない境遇から身を立てた息子のもとへ現れるのが、〈そなたの母〉の手口である。同じ親なし子でも、らほちはいまだ裏長屋に住み、歩き売りで日銭をかせぐ倹(つま)

しい暮らしぶりで、盗人に狙われるほどの蓄えはない。

「それもそうですね。お役人さまも気をつけてくださるでしょうけど……」

疑わしい二人の母が裏長屋にいることは、すでに仁蔵を通して定町廻りの耳にも入っている。近ごろ別件の御用もあって忙しそうな丑之助だが、さっそく配下の岡っ引きに調べさせると言ってくれたらしい。

「では、わたしはいったん失礼して、お勝手を手伝ってまいります」

「ご苦労さまでした。あとでお面の色付けをしましょう」

離れを退出したおけいは、昼餉の支度がはじまっている台所へ行こうとして、ふと、おひなのことを思い出した。今朝は手伝う暇がなかったが、そろそろ洗濯が終わるころだ。

（少しだけ、声をかけてみようかしら）

どれほど不機嫌そうににらまれても、おけいはへこたれていなかった。

十二歳の子供が身もとを隠し、頑なに口をつぐむのには、相応の事情があると考えていい。だからこそ店主の仁蔵も、話を引き出してもらいたいと頼んだのだ。

裏庭の奥で洗濯ものを濯ぐ水音がする。

ネコヤナギのうしろ側から近づこうとしたおけいは、水音にまじる歌声に気づき、その場ではたと足を止めた。

〽ハァー　本所かよいの　あのチョキ船で　月は見れども　まつい橋ぃ

声の主はおひなだった。井戸の前に立ち、長柄杓で水を汲み上げながら、潮来節のような唄を口ずさんでいるのである。

〽ハァー片葉堀とて　つれない葦よ　逢わせたまいや　いまいちどぉ

いつもは横一文字に結ばれた唇から、慣れた節回しがのびやかに流れ出る。

初めて素のままのおひなを見た気がして、おけいは声をかけるのをやめ、静かにその場から立ち去った。

◉

あくる日、夕暮れどきを見計らって、おけいは裏の長屋を訪れた。昨日のたまごがどのように料理されるのか見てきてほしいと、とさか太夫に頼まれたのだ。

「おや、いいところへおいでなさった」

表戸を開け放した土間では、おヨネが七輪に炭火を熾しているところだった。たまごは笊の中に八個とも残っており、これから料理に取りかかるらしい。

「お貞さんは、お出かけですか」

狭い家の中を見まわす巫女姿の小娘に、おヨネが炭を吹きながら答える。

「あの人なら、朝早く出かけちまいましたよ」

何の用かは言わなかったそうだが、いったん奉公先の医者の家に戻ったのだろう。

二人の母は、それぞれ板橋と川崎で住み込みの仕事をもっている。六日前から長屋に居座っているおヨネも、このままでは奉公を解かれてしまうのではないかと心配になるが、当人に頓着する様子はなかった。

「かまやしません。休みをもらっていますし、あたしには料理の腕がありますからね。いざとなれば、お江戸で仕事を探します」

今からその証しを見せると言って、底が平たい鉄鍋を七輪にのせる。聞けば今朝のうちに〈とりの子屋〉の台所で借りておいたものだという。

次におヨネは、たまごをふたつ割ってどんぶりに入れ、ひとつまみの塩と、多めの砂糖を加えておけいに渡した。

「お任せします。この菜箸でたまごをよぉく泡立ててください」

「えっ、わたしが、ですか？」

「なにしろ秘伝中の秘伝ですからね。あんたも覚えておいて損はしませんよ」

高笑いをするおヨネの前歯の欠けた口を見て、おけいはふと、うしろ戸の婆の顔と、出直し神社を出てくる際に言いつかった言葉を思い出した。

『たまご売りのおっ母さんの顔を見ておいで――』

ところが今、らほちの母親は二人いる。どうやって本物を見極めればいいのだろう。

おけいは考えをめぐらせながら、どんぶりの中のたまごをかきまぜた。

カッシャ、カッシャ、カッシャ。表面に泡が浮いてくる。

「こんなものでしょうか」

「まだまだ。もっとしっかり泡立つように」

カシャ、カシャ、カシャ。さっきよりも泡が盛り上がった。

「これでどうでしょうか」

「そんなにのんびりまぜていたら、夜になっちまいますよ」

チャチャチャチャチャチャチャチャチャチャ！

負けじ魂に火のついたおけいが、どんぶり鉢を小脇に抱え、目まぐるしく菜箸を振るうこと四半時（約十五分）。ようやく二個分のたまごが泡と化したのを見て、おヨネが熱くなった鉄鍋をいったん七輪から下ろした。

「たまご料理のコツは火加減ですからね。鍋が熱すぎても、冷ましすぎてもいけません」

菜種油をたっぷり鍋に敷き、泡になったたまごを流し入れる。ジュワジュワッと耳をくすぐる音がして、長屋の狭い台所が、たまごの焼ける甘い匂いでいっぱいになった。

（ああ、いい匂い。それに、なんて美味しそうなのかしら）

時間をかけて泡立てたたまごは、鍋の上でふっくらと盛り上がっている。

おヨネは焼き具合を見ながら七輪の上に鍋を戻し、またすぐに火から遠ざけた。

「焦がしては台無しですからね。ころ合いを見計らって……うん、いいでしょう」

裏返して両面を焼くのかと思いきや、おヨネは木べらですくい取ったたまごを皿に移し、そのままふわりと二つ折りにした。

「これで上がり。どうです。美味しそうじゃありませんか」

自画自賛するのも当然なほど、それは見事な出来栄えだった。

言葉もなく見とれているおけいの鼻先に、おヨネが皿を差し出した。

「どうぞ、召し上がってみてください」

「えっ……いいんですか」

遠慮はいらない、これは試しだからと言われ、まだ湯気の上がるたまごに箸を入れる。

表面はカリッと、中は真綿の布団のようにふわふわとした感触があり、口に入れると嚙む必要がないほど柔らかくほどけて、するっと喉に下りてゆく。

「美味しい！　こんなお料理は初めていただきました」

同じたまご料理でも、厚焼きたまごや、茶碗蒸しとはまったくの別物だった。味つけが甘いこともあって、お菜と言うよりお菓子に近いかもしれない。

「お口に合ってよかったですよ。急いで次に取りかかりましょう」

「次……？」

ぽかんとする娘に、おヨネがにやりと笑ってみせる。

「ここからが本番ですからね。気合を入れて泡立ててくださいよ」

ふたつ目が焼けたら〈とりの子屋〉の奥方へ、三つ目は店主の仁蔵へ、最後のひとつをらほちに食べさせるのだと言って、おけいの手にどんぶりを押しつけたのだった。

ちょうど最後のたまご焼きが仕上がるころ、らほちが長屋に戻ってきた。

「ただいま……おっ、いい匂いがするな」

「お帰り。すぐ夕餉にしようね」

おヨネはいそいそと、焼きたてのたまごを箱膳に置いた。汁物はないが、先にこしらえてあった山菜の白和えと、赤カブの一夜漬けが冷や飯に添えられる。

「早く食べておくれ。このたまごは、ときが経つとしぼんでしまうから」

大きな身体に相応しく、らほちはかなりの大食いだ。洗いものを引き受けたおけいが鉄鍋を洗っているうちに、おヨネ自慢の料理と三杯の大盛り飯が腹の中へと消え、そこに出かけていたもう一方の母も帰ってきた。

「遅くなってすみませんね」

「まあまあ。てっきり今夜は、あちらでお泊まりかと思いましたよ」

余分な飯は用意していないというおヨネに、澄ました顔でお貞が応じる。

「ご心配なく。私は出先ですませてきましたから。それより、らほちにお土産を買ってきたんですよ。ほうら、きれいな箱でしょう」

お貞が得意げに見せびらかす椿の柄の小箱に、おけいは見覚えがあった。外神田の黒門前で、上等な飴菓子を扱っている椿屋のものではなかろうか。

「きれいだからって、箱を食べるわけにはいきませんよ」

おヨネの茶々など聞こえないふりで、お貞が小箱から取り出してらほちに渡したのは、やはり椿屋名物の有平糖だった。季節に沿った深緑色のゼンマイと桜の花をかたどったもので、どちらも食べずに飾っておきたいほど美しい。

「これ、すごく高価なものだろう」

「そりゃあ安くはないけど、いつも団子ばかりじゃ味気ないと思ったから」

きらきらしい有平糖に手をつけようとせず、しばらく考え込んでいたらほちは、やがて改まった様子で二人の母に向き直った。

「よく聞いてくれ。お貞さんも、おヨネさんも、この数日というもの、親身になっておれを世話してくれたよな。うまい飯や菓子も食わせてもらった。さんざん尽くさせたあとで、こんなことを言うのは心苦しいけど……」

結局、どちらの母にも懐かしさを感じることはなかった。このままでは二人によけいな銭を使わせたばかりか、奉公先まで失わせてしまうかもしれない。

そこで——と、らほちがひとつの案を持ちだした。

「おれに味噌汁を作ってもらえないだろうか」

「味噌汁……？」

首をかしげる母たちが聞いたのは、次のような話だった。

らほちを拾って育てた松浦の老婆は、いつも雑魚を薄い塩味で煮ただけの潮汁を作っていた。貧しさゆえに味噌を使わなかったのだろうが、らほちは味噌汁というものを知らないまま大人になった。にもかかわらず、江戸へ出てきて初めての味噌汁を口にしたとき、『これは違う』と感じたのだという。

「何が違うのかはうまく言えない。ただ、自分の知っている味噌汁はこれじゃない。こんな味じゃなかったと思ったんだよ」

その思いは今も変わらず、どこで誰が作った味噌汁を飲んでもしっくりこないと感じている。もしかしたら、松浦の浜に流れ着くより前に飲んでいた味噌汁の味を、舌が覚えているのではないだろうか。

「わかった、こういうことですね！」

土間で話を聞いていたおけいは、思わずぴょんと跳び上がった。

「お貞さんとおヨネさんに、二十年前と同じ味噌汁を作ってもらえば、本当のお母さまを知る決め手になるかもしれない、と――」

らほちは懐から小さな布包みを出し、畳の上で開いてみせた。

「四十文ある。神さまからお借りした縁起のよい銭だ。これを半分ずつ使って、小さいころのおれに作ってくれたものと同じ味噌汁を用意してくれないか」

「たった二十文」

「たいしたものは作れないよ」

口々につぶやく母たちに、それでかまわないのだと、らほちが言った。

「戸板に乗って流れ着いたとき、おれは継ぎ当てだらけの浴衣(ゆかた)を着ていたそうだ。つまり、いつも質素な味噌汁を飲んでいたはずなんだよ。そうだろう?」

「ええ、まあ……」

「仕方がないねぇ」

二人の母も承知するしかなかった。

食材をそろえる日数を考慮し、味噌汁を作るのは二月二十五日の夕方と決まった。

おけいは布団の上に座して腕をさすっていた。普段なら朝までぐっすりと眠るはずが、右腕の重だるい痛みで目が覚めてしまった。おヨネにうまくのせられ、躍起(やっき)になって八個のたまごを泡立てたせいで、今になって腕が悲鳴を上げているのだ。

明日になっても痛みが引かないのは困る。今のうちに水で冷やしてみようと考え、そっと離れを抜けだして、裏庭の井戸へと向かう。

すでに真夜中は過ぎたらしく、二十二夜の半月が東の空に浮かんでいた。

眠っている人々を起こさぬよう細心を払って水を汲み、濡らした手ぬぐいを何度か腕にあてる。最後はかたく絞って右腕に巻きつけ、離れへ引き返そうとした、ちょうどそのとき、おけいの耳がかすかな物音を拾った。

キシッ、キシ、キシ、キシ。

母屋の裏戸を開ける音だと気づいて、とっさに井戸のうしろへと身を隠す。

（誰かしら、こんな時刻に）

厠なら廊下伝いに行くことができる。わざわざ外に出てくる必要はない。

妙な胸騒ぎを覚え、息をひそめて隠れていると、小さな人影がネコヤナギの向こう側を通り過ぎた。女中見習いのおひなだ。

おひなは長屋との境にある生垣の前で立ち止まり、その場に屈み込んだ。

昼間に落としものでもしたのかと思っていると、かすかな話し声が聞こえてきた。おひなではなく、もっと年嵩の女かと思われるが、こんな夜更けに誰だろう。

おけいは地面に這いつくばい、じわじわとおひなのいるほうへ寄っていった。

「――のことなら心配いらない。だから――」

相手の姿が見えないのは、生垣の向こう側で身を屈めているからだ。もう少し近くまで行けば、話が聞こえそうなのだが……。

「――に言われたとおりにするんだ。おまえのことは、ちゃんと見ているからね」

ようやく聞こえたと思ったときには、もう話は終わっていた。

声の主が去っても、おひなはその場で膝を抱えて座り続けた。

こっそり話を聞いてしまったおけいも、下弦の月が空のいただきを過ぎるまで、地面に伏せていたのだった。

◉

二月二十五日の朝、おけいは暗いうちから出かけていた。とさか太夫に頼まれた用をすませ、昼前になって〈とりの子屋〉に戻ると、仁蔵が店の土間で待ちかまえていた。

「間に合ってよかった。三の酉は明日だが、泊まりがけで出かけることになった。今のうちに礼を言っておきたかったのだよ」

「お礼なんて、とんでもございません」

そもそもおけいの仕事は、空飛ぶたまごの怪異――つまり閑古鳥のいたずらを防ぐことだった。しかし気まぐれな閑古鳥は、十日にたまごを放り出して逃げたきり、ぱったり姿を見せなくなった。その後はとさか太夫のお相手を務めつつ、おひなの素性を聞き出すために、三の酉までの約束で逗留(とうりゅう)していたのだ。

「長々とお世話になりながら、お役に立てず申し訳ございませんでした」

「いや、おけいさんには感謝している。怪異は消えたし、太夫もよい話し相手ができたと喜んでいた。何よりあんたがいると奥向きに活気がでる」

明日帰してしまうのが惜しいくらいだ、などと持ち上げてくれるのは嬉しいが、結局、おひなの素性は聞き出せないままになってしまった。

「気にしなくていい。身内らしき者が様子を見にきていると知れただけでも収穫だ」

三日前の夜に裏庭で見たことは、すべて仁蔵に話してあった。

長柄杓を使うのが下手な『姉ちゃん』の話に照らし合わせて考えると、どこかでおひなを見守っている姉がいることは確かなようだ。

あとは追々こちらで調べると言い残し、仁蔵は駕籠に乗って出かけていった。


西の空が茜色に染まるころ、おけいは裏長屋を訪れた。

今日は二人の母が味噌汁を作る日である。表戸を開けて中をのぞくと、座敷に座って茶をすするお貞の姿があった。すでに支度が整い、らほちの帰りを待っているらしい。

次に、別の家の戸を開けてみる。はからずも競い合うことになった母たちのため、互いの邪魔にならないよう、今だけ近所の台所を借りているのだ。

中ではおヨネが葱を刻んでいた。こちらも汁そのものは出来上がっているらしく、七輪の上に蓋をした鍋がのっている。

ほどなく暮れ六つの鐘が鳴り響き、普段より早くらほちが長屋に帰ってきた。

「二人とも用意はいいのかい。じゃあ、さっそくはじめよう」

先に味噌汁を運んできたのはお貞だった。蓋つきの椀がらほちの膳にのせられ、見届け役としてお相伴するおけいの前にも同じものが置かれる。

「では、いただきます」

蓋を取った途端、馴染みのある香りが部屋の中に漂った。

「おっ、こいつはシジミ汁だな」

「お味噌のいい香りがします」

強い旨味のあるシジミは、出汁を引く手間がいらない分、誰が作っても同じ味になってしまいがちだが、お貞のものは味噌の風味が際立っていた。

「うちはシジミ汁のときだけ、いつもの田舎味噌に赤い豆味噌を合わせていたんですよ。義理のおっ母さんにそう教わったものでね」

佃島の漁師だった亭主や義理の母親、小さかった子供も、みなシジミ汁が大好きだったと言って、お貞は袖口で涙をぬぐう仕草をした。そして、らほちが汁を飲み干してしまうまで、高潮で失った家族についていろいろと語り聞かせた。

「ごちそうさま、お貞さん。とてもうまかった」

次はもうひとりの母の番だった。

お貞と入れ違いに入ってきたおヨネは、塗りの剝げた粗末な椀を、らほちとおけいの前に置いた。蓋がないので中身は丸見えである。

（あら、これは……）

てっきり海のものが使われるかと思いきや、おヨネがこしらえたのは、どこにでもある豆腐と油揚げの味噌汁だった。味噌もありふれた田舎味噌だが、ひと口含むと、ほんのり煮干しの出汁の味がして、最後に散らした刻み葱の香りもよい。

まだ品川の養母が元気だったころ、よく作ってくれていた味噌汁に似ていて、おけいはうっかり涙ぐみそうになった。

「どうだい。美味しいかね」

「ああ、うまいよ。おヨネさんは、本当に料理が上手だな」

らほちに褒められても、おヨネはいつものように得意そうな顔をしなかった。親子として暮らしていたころの思い出を語ろうともしない。ただ寂しそうに微笑んだだけで、もとの台所へと戻っていった。

二人きりになると、おけいはさっそく、らほちににじり寄った。

「どうでした、どちらがお母さまのお味噌汁でしたか？」

「いや、それがなぁ」

らほちは歯切れが悪かった。味噌汁は美味かったが、どちらも舌が覚えている味とは違う気がするという。

するとそこへ、いま出ていったばかりのおヨネが、再び表戸を開けて入ってきた。

「あ、もう少し待ってくださいな。こちらからお呼びするまでは――」

「違うんですよ」

おヨネは勝手に座敷に上がると、首をがっくり垂れて白状した。

「らほちさん。あたしゃね、あんたのおっ母さんなんかじゃございません」

「ええっ」

当のらほちはもちろん、おけいも驚いたが、おヨネはこれでようやく気が楽になったと言って、深いため息を吐き出した。

「本当は去年の秋、湯島の白梅楼で、初めてあんたのことを知ったんです」

「白梅楼って、遊郭のかい？」

「その婆さんの言うことは本当だ」

突然割り込んだ声に、その場にいた三人がそろって顔を向ける。

「依田さま……」

「悪いが邪魔させてもらう」

牛を思わせる定町廻り同心の依田丑之助は、同じく大柄ならほちと向き合って、窮屈そうに腰を下ろした。

「先だって仁蔵さんに頼まれてな。おまえさんの母親だと名乗り出た女たちのことを調べていたんだ」

まだ若い丑之助には、飴屋の権造と呼ばれる腕ききの岡っ引きがついている。今回、おヨネの奉公先へ走ったのは、権造の子分になって間もない若者の留吉だった。

「留吉の調べでは、板橋宿におヨネという名の女中を置いている旅籠はなかった。ただし、五、六年ほど前につぶれた店に、そんな名前の台所女中がいたそうだ」

目端のきく留吉は、同じ旅籠にいた女中仲間を探し当て、江戸に戻ったおヨネが湯島天神門前町の遊郭で、まかない婆になっていることを突きとめたのだった。

「旦那のおっしゃるとおりです。お手数をおかけいたしました」

今年で六十になるというおヨネの両目から、皺を伝って涙が流れた。

「あれは去年の秋でした。白梅楼の裏口で、若いたまご売りを見かけたんです。渦巻いた髪が高潮にさらわれて死んだ亭主とそっくりで、よく茹でたまごを買っている女郎に頼んで、素性を聞き出してもらいました」

らほちと呼ばれているそのたまご売りが、やはり二十年前の大嵐で松浦の浜に流され、生き別れの親を探していると知って、おヨネはもう、らほちから目が離せなくなってしまった。目の前で波に呑み込まれた息子が帰ってきた気がしたのだ。

「馬鹿な話ですよ。あたしの子は、嵐が去った二日後に、冷たくなって浜に打ち上げられました。亭主の遺骸も同じ日に上がって、回向院で供養してもらったんですから」

別人だとわかっていても、たまごを売りにくる螺髪頭の若者を見るたび胸が騒いだ。生きていれば、自分の子もあんなふうに働いていたに違いないと、思い入ればかりが強くなり、とうとう実の母として名乗りを上げてしまったのだった。

「でも、悪いことはできないものですね。母親になりすまそうとした次の日には、お貞さんが訪ねてきちまったんですから」

何度あきらめて引き下がろうと思ったことだろう。それでもなお、らほちのもとを去りがたく、今日まで母親として尽くしてきたのだという。

「考えてみりゃ、うちの息子はあんたよりずっと歳が上で、似ているのはくるくるの髪の毛だけ。バカな真似をしちまいましたけど」

いい夢を見させてもらったと言って、おヨネはらほちの顔を見上げた。

「あんたのおっ母さんはお貞さんですよ。親孝行してあげて――」

いや残念ながらそれも違うようだと、丑之助がさえぎった。

お貞の奉公先がある川崎宿へは、飴屋の権造親分が自ら聞き込みに行った。その結果、佃島で家族を失ったお貞が、川崎宿へ移って医者の家で働いていたことは事実だったが、昨年の流行り風邪（かぜ）で亡くなっていたことが知れた。

「念のため聞くが、ここを訪ねてきたお貞には、ちゃんと足があったろうな」

「そ、そりゃもちろん――」

足は二本ともありました、と、らほちが大真面目に答える。

軽口をたたいた丑之助は、本人に会って確かめたいことがあると言って立ち上がった。

「でしたら、あたしがご案内しましょう」

お貞が知らせを待っている近所の家へ、同心を連れたおヨネが行ってしまうと、残され
たらほちは放心したようにつぶやいた。

「そうか。やっぱり二人とも違ったのか……」

肩を落としたらほちには気の毒だが、おけいになぐさめている暇はなかった。

「わたしときてください。今すぐです」

有無を言わさず腕をつかみ、とさか太夫のもとへと急いだのだった。

〈とりの子屋〉の離れでは、ニワトリの面をつけた太夫が待ち受けていた。
「お取り込みのところを呼びつけてすみませんでしたね。お入りなさい」
「ど、どうも、汚いなりで失礼いたします」
らほちは恐縮しきりで、面作りの作業場となっている板座敷に上がった。着物に継ぎを
当ててもらうなどして世話になっているようでも、まともに太夫と向き合うのはこれが初
めてらしく、大きな身体を精いっぱい縮めてかしこまっている。

取り次ぎをしたおけいも、用向きの詳しい中身までは知らされていなかった。らほちが二人の母の味噌汁を味わって、もし、どちらも自分の母親ではないと言ったら連れてきてほしいと頼まれただけだ。

「太夫、お持ちいたしました」

盆を捧げ持って現れた上女中が、朱色に塗られた蓋つきの椀を、らほちの前にひとつ、おけいの前にもひとつ置いて速やかに退出する。

「私がこしらえた味噌汁です。どうぞ召し上がってみてください」

太夫の勧めに応じて、先にらほちが蓋を取った。

箸は使わず、両手で持ち上げた椀に口をつけて汁だけすする。二口目、三口目と続けてすするうち、椀を包み込んだ大きな手が小刻みに震えだした。

「こ、これは、この味噌汁は……」

「カメノテを使いました。今朝早く、おけいさんに頼んで、霊岸島まで採りに行っていただいたものです」

おけいも自分の前に置かれた椀を取り、独特の磯臭さのある濃い汁をすすった。

カメノテとは、海辺の岩の隙間に挟まっている貝のごとき生きもののことで、その名のとおり、カメの手のようにも、ニワトリのとさかのようにも見える。塩茹でにして食することもできるが採りにゆく者は少ない。

海沿いの品川宿で育ったおけいも、養父母がこれを食べものと見なしていなかったので、ほぼ口にしたことはなかった。

「まだ若いころ、私は霊岸島で所帯を持ったことがありました。とても貧しい暮らしで、岩から剝がしてきたカメノテで味噌汁を作っては、夫と子供に出していたのです」

太夫の口調は淡々としており、ニワトリの面に隠された表情もわからない。ただ、何かを覚悟して、この場に臨んでいることは確かだった。

「よろしければ、私の昔話を聞いていただきたいのです。恥じることばかり多くて、聞くに堪えないとは思いますが……」

らほちに立ち去る様子がないとみて、太夫の昔語りがはじまった。

「私は、百人町(ひゃくにんちょう)の御家人(ごけにん)長屋で生まれました。今から五十年前のことです」

つまり太夫は武家の血筋、御家人の娘ということになる。

「五歳のときに実母が亡くなり、後添いの母が次々と弟妹を産むたび、家の中に私の身の置き場はなくなっていきました。同腹の妹が一人いたのですが、生まれてすぐ養女に出されていて、結局、私も他所(よそ)へ預けられたのです」

肩身の狭い思いをしながら他人の家で育った太夫は、十五歳で嫁ぐことになった。相手は六十を過ぎた旗本の隠居だった。

「否（いや）も応もありません。父親どころか祖父のような年齢の夫に連れられ、向島（むこうじま）のはずれにある隠居家に入りました」

嫁いで三年目の冬のこと、夫が布団の中でぽっくり逝った。

十八歳の若さで寡婦となった太夫は、弔問に訪れる人々の前で涙を流し、悲しみにくれてみせながら、心の中では違うことを考えていたという。

「本当はこれっぽっちも悲しくありませんでした。いやな狒々爺（ひひじじい）が死んで、ようやく好きなように生きられると思ったら嬉しくて、笑いがこみ上げるのを隠していたんです」

喜んだのも束の間、とんでもないことが初七日の席で知れた。嫉妬深い夫が、自分が死んだら妻を出家させるよう遺言していたのである。

「またしても否応なしに、尼寺へ連れて行かれました。でも、私は出家などまっぴらで、いつか逃げてやろうと思っていました」

修行に励んでいると見せかけ、尼僧たちの目を盗んでは、寺に出入りする職人や行商人と戯れる。そんな毎日を過ごすうち、庫裡（くり）に豆腐を届けにくる年下の男と割りない仲となって、自分のほうから駆け落ちを持ちかけた。

「連れ出してくれた人とはすぐにお別れしました。それから新しい相手を見つけ、半年も経たないうちに、また別の男のもとへ走っていました」

そんなことを繰り返し、すれっからしになっていた太夫が螺髪頭の若者と出会ったのは、二十五歳のときだった。

「霊岸島の漁師を手伝っていて、優しいけれど稼ぎが少ない人でした」

夫婦となって子供が生まれても、暮らしは貧しくなる一方だった。そこで太夫は、まだ幼い息子を夫に任せ、夕方から深川へ稼ぎに出ることにしたのだが……。

「酒場の男たちからチヤホヤされるうち、また悪い癖が出てしまいました。仕事にかこつけて遊び歩く私を見ても、夫は悲しそうな顔をするだけです。いけない、また同じことの繰り返しだと思っていた矢先、あの大嵐がやってきたのです」

その日も小雨の降るなかを、馴染み客に誘われるまま元町（もとまち）の船宿に入ったのだが、やがて雨風が激しくなり、霊岸島まで帰れなくなってしまった。

「これはただごとではないと感じました。船宿の屋根が飛びそうなほど大風が吹いたかと思うと、家の中まで水が流れ込んできて……」

嵐と明け方の満潮が重なったことで、江戸の沿岸に高潮が押し寄せたのである。

船宿にいた人々は二階に上がって難を逃れたが、あたり一面が水浸しで身動きがとれない。時間とともに少しずつ水が引いたあとも、波に運ばれてきた泥と瓦礫（がれき）がそこいら中に積み重なって、まともに歩くことはできなかった。

太夫が泥まみれになって帰宅したのは、高潮が引いて二日後のことだった。

「帰宅といっても、そこに私の家はありませんでした。霊岸島の海端は、きれいさっぱり高潮に洗い流されていたのです」

それから子供と夫の姿を求め、瓦礫の中を歩きまわった。お救い小屋と浜辺のあいだを日に何度も往復し、二人を探し続けるうち、日にちだけがむなしく過ぎていった。

『気の毒だが、あきらめたほうがいい』

検分にきていた役人に言われたとき、太夫はその場にへたり込んでしまった。

「罪のない子供と、真面目で優しかった夫が死んで、遊び呆(ほう)けていた自分が生き残ったのです。情けないやら、申し訳ないやらで……」

あとを追うことも考えたが、回向院で合同の葬儀が執り行われると聞き、二人の供養をすませてからにしようと思いとどまった。ところがいざ葬儀の当日になると、どうしても焼香の列に加わることができない。ついにはその場から逃げ出してしまった。

「見知らぬ寺町を歩きまわっているうちに、気がついたら目の前に小さなお社があって、小柄なご老女が社殿に招いてくださいました」

それは不思議な老婆だった。粗末な帷子(かたびら)を身につけ、髪も歯も残り少なく、右目が白く濁っている。しかし左目だけは幼児のように黒々と澄みきって、心の底まで見透かされる気分になったという。

老婆に問われるまま、太夫は自分の人生を語った。そして最後につけ加えたのである。

このままでは世間に顔向けできない。あの世で子供と夫に合わせる顔もない、と――。

『おやおや、この世とあの世の両方に顔を出せないのかい。そりゃ困った』

話を聞いた老婆は、大仰に驚いてみせたあと、ちょうどおあつらえ向きのものがあると言って、祭壇の上に手を伸ばした。

『あんたにあげよう。今日からこれで顔を隠して生きてみてはどうかね』

渡されたのは、門前町の玩具屋が供えていったというニワトリの面だった。

面をかぶって顔を隠した途端、なぜだか太夫はもう霊岸島のお救い小屋へ戻る気がしなくなっていた。社の外へ送り出されたあとは、あてのないまま何日もさまよい歩き、力尽きて倒れた浅草寺(せんそうじ)の山門脇で、行きずりの女に助けられたのだった。

「介抱してくださったのが、浅草の宮地芝居に出ていた先代のとさか太夫でした。ちょうど次の芝居のネタを探していた先代は、ニワトリの面をつけた私を見て、〈鶏鳴狗盗〉の筋書きがひらめいたそうです」

けっして面を外そうとしない風変わりな女を、先代の太夫は一座に引き入れた。深みがあってよくとおる声が役者向きだと言って、自分の十八番(おはこ)でもある能楽を取り入れた芝居を教えるようになったという。

「神さまのお導きとしか言いようのない出会いでした。三十にもなって役者修業をはじめた私を、根気よく導いてくださったのですから」

やがて二代目を襲名した太夫は、当たり役となった〈鶏鳴狗盗〉をはじめ、面をつけた役者として舞台に立ち続けた。ところが、今から十年前の火事で、敬愛する先代と一座の大半を失ってしまった。

「火事のあとのことは世間さまも、あなた方もご存じかと思います。贔屓筋の一人だった今の亭主が、私を妻に望んでくれたのです」

難を逃れた一座の仲間まで〈とりの子屋〉の奉公人として迎えてくれた。この恩に報いるべく、客寄せの能楽を続けてきたのである。

長い昔語りが終わっても、おけいはしばらく呆然としてしまった。つまりとさか太夫は出直し神社でニワトリの面を授かっていたわけだ。

「今まで黙っていてごめんなさい。おけいさんと親しくお話しするようになって、あのときのご老女にお仕えしている人だと察していたのですが」

それを口にすれば、若かりし日の過ちまで話すことになってしまいそうで、つい言いそびれてしまったのだという。

一方らほちは、話の途中から膝をゆすり、落ち着かない様子を見せていた。

「も、もしや太夫は、おれの……いや、まさか」

混乱するのも無理からぬことだった。まだ肝心なところが明かされていないとあれば、なおさらだろう。

「まわりくどいことをしましたが、これからお話しいたします」

太夫のニワトリの面が、真っすぐらほちのほうを向いた。

「あれは去年の十一月のことでした。近ごろよく出入りするシジミ売りの頭がお釈迦さまにそっくりだと、女中たちが噂しているのを耳にしたのです」

どれほど長い年月が流れても、高潮で失った子供のことを忘れた日はなかった太夫は、こっそりシジミ売りの姿をのぞき見ることにした。

「驚きました。死んだ亭主そっくりの螺髪頭で、面立ちまで似ているのですから」

しかも、らほちという名の若者が、あの大嵐の翌朝に遠くの浜で助けられ、実の親を探していると聞いてはじっとしていられない。逸る気持ちを抑えて、今の亭主の仁蔵に相談したのである。

「すぐ、らほちを呼んで確かめよう。本当に太夫の子供だとわかったら一緒に暮らそう。自分の跡取りにしてもよい。仁蔵はそう言ってくれました。でも……」

太夫は慎重にならざるをえなかった。なにぶん〈とりの子屋〉の身代は大きい。早計に親子の名乗りをして、あとで間違いだったとわかれば、相手の若者を傷つけることになってしまうからだ。

そこでまず、らほちが育ったという松浦の浜へ人をやって、当時の事情を詳しく調べることにした。それと同時に店のたまごを売り歩くよう勧め、近くの長屋に住まわせて、様子を見守っていたのである。

「先に松浦のほうの調べがついて、あなたの話が本当だとわかりました。ただ決め手がなかったのです。螺髪頭を除けば、私の子には目立った痣もホクロもなかった。どうやって確かめればよいかわからなくて」

手をこまねいていたとき、らほちのもとに実の母を名乗る二人の女が押しかけた。どうなることかと冷や冷やしながら見守っていたが、らほちが覚えている味噌汁の味で白黒をつけると聞いて、ようやく太夫も決め手を思いついた。

「昔よく作ったカメノテの味噌汁。もし私の子供なら、あの味を懐かしく思うに違いない。そう考えて、おけいさんに霊岸島までご足労願いました」

おけいはさっきから胸がどきどきしていた。まだ風の冷たい海辺の岩場を這いまわり、細長い鉤針を使ってほじくり出したカメノテは、はたして役に立ったのだろうか。

「この味こそ、おれの知っている味噌汁です」

きっぱり言ってのけると、らほちは震える声で訊ねた。

「教えてください。太夫の子供は、なんと呼ばれていたのですか」

答える前に、とさか太夫は頭のうしろへ手をやり、ゆっくり面の紐を解いた。

ニワトリの面の下から現れたのは、五十という年齢よりも老けて見える女の顔で、優しそうな眼差しが、目の前の若者とよく似ていた。

「私の子供は、生まれたときから巻き髪がふさふさとして、生家の掛け軸に描かれていた獅子の絵にそっくりでした。それで獅子丸と……」

「――獅子丸！」

その瞬間、らほちは幼いころの自分を取り戻した。

●

春の陽がぽかぽかと背中にあたって温かい。

神社に帰ったおけいは、簀子縁で日向ぼっこをするうしろ戸の婆に、〈とりの子屋〉での一部始終を語って聞かせた。

「それで、あのたまご売りはどうするのかね」

「これから少しずつ、お店の仕事を覚えるのだそうです」

らほち改め、本名に戻った獅子丸は、とさか太夫の息子として〈とりの子屋〉に迎えられた。これでよい跡取りができたと、仁蔵も三十治郎も喜んでいるという。

「太夫は客寄せの能楽を続けるのかい」

「いいえ、もう〈鶏鳴狗盗〉を舞われることはないでしょう」

ニワトリの面を外したことを潮に、太夫は能楽をやめると決めた。今後は仁蔵の夢を叶えるため、たまご料理を世に広める手助けをしたいという。

じつはもう、そのための支度もはじまっていた。

「どうぞ婆さま、お召し上がりください」

太夫が持たせてくれた木箱の蓋をとると、鼻をくすぐる甘い匂いがあたりに広がった。鳥居の上で昼寝をしていた閑古鳥が、色めきだって簀子縁に飛んできたほどだ。

「例のたまご焼きだね」

「おヨネさんご自慢の〈ふくふくたまご〉です」

片面だけ焼いて二つ折りにしたたまごは、いつぞやおけいが、腕が痛くなるまで泡立てたときと同じものだ。今回は焼きたてというわけにはゆかず、ここまで運んでくるあいだにかなりしぼんでしまったが、かろうじて真綿の布団を思わせる風合いが残っている。

「ふむ、いいね。嚙む前に舌の上でとろけてしまいそうだ」

歯のない年寄りにも喜ばれるだろうと、上々の褒め言葉が返ってきた。

これを焼いたおヨネは、いま獅子丸の傍らにいる。実の母になりすまそうと企んだことを詫び、長屋から立ち去りかけたところを、とさか太夫に引きとめられたのだ。

同じ日に高潮で家族を亡くした者として、たとえ泡沫の夢であっても、一人前になった息子に会いたいと願った老母の気持ちは痛いほどわかる。いっそうちにきて獅子丸のために働いてくれないかと、誘いをかけたのである。

引きとめた理由はそれだけではなかった。おヨネのたまご焼きに感心した仁蔵が、これを〈ふくふくたまご〉と名づけて、店先で焼いてはどうかと思いついたのだ。

「今、お店の一角に料理をする場所を設けています。仕入れにくる料理人さんたちにお見せして、〈ふくふくたまご〉の作り方を覚えてもらうのだそうです」

たまごの泡立て役は自分が引き受けると、獅子丸も力こぶを見せて張り切っている。

「めでたし、めでたし、と言いたいところだが、母はもう一人いたのだったね」

「それが、あれからお貞さんの姿を見かけなくて……」

シジミの味噌汁を出したあと、お貞は近所の家で結果を待っているはずだった。ところが定町廻り同心の依田丑之助が訪ねたときには、すでに姿を消していた。

結局、お貞の目的が何だったのかはわからない。〈そなたの母〉の騙(かた)りだと丑之助は考えているようだが、このところ別件で忙しく、足取りを追う余裕はなさそうだ。

「それもまたよし。ときが至ればわかることもあるよ」

両の目を細める婆の背後で、黒い影が音もなく動いた。欄干(らんかん)にとまっていた閑古鳥が、〈ふくふくたまご〉の残りをこっそり突(つつ)こうとしているのだ。

おけいはここぞとばかり、うしろに隠し持っていたお面を手早くかぶった。

「こらっ、もう盗み食いはやめなさい」

『あぽーっ』

閑古鳥はびっくり仰天、翼を大きくばたつかせて逃げてゆく。

おけいがかぶってみせたのは、とさか太夫のもとで作った黒い鳥のお面だった。もとの木型はカラスだが、目の上に白い眉を刷き、閑古鳥そっくりに仕上げたのだ。いたずらものの慌てふためく様子に、婆は膝を叩いて笑っている。

『あーぽー』

からかわれたと知った閑古鳥が、もとの鳥居の上で恨めしそうに鳴いた。

第二話

待ちぼうけの娘たちへ

——たね銭貸し銭百五十文也

ホー　ケキョ　ホーォ　ケケッキョ

どこかでウグイスが鳴いている。土塀を隔てた右隣の寺で生まれたか、はたまた左隣の寺の庭木に飛んできたのか。寺社地の中にひっそりと佇む出直し神社には、四季を通してさまざまな鳥のさえずりが聞こえてくるのである。

ホー　ケキョ　ホーォ　ケキョッキョ

未熟な調子はずれの声を聞きながら簀子縁を掃いていると、笹藪の小道の中から、片頬に古い火傷痕のある男が現れた。

「あっ、権兵衛さん」

「元気そうだな、ちっちゃいの」

いつもおけいのことを『ちっちゃいの』と呼んでからかう権兵衛は、湯島聖堂前で餡を卸している笹屋の倅である。お蔵茶屋〈くら姫〉で催された菓子合せに参戦し、勝ち残りを願って四文のたね銭を授かったのが昨年十一月のこと。今日はまだ三月一日。倍返しは一年後でよいと知っているはずだが、いったい何の用だろう。

「客を連れてきた。婆さまに会わせてくれ」

少し間をおいて笹藪から出てきたのは、黒繻子の襟をかけた黄八丈に、濃鼠色の帯を締めた、うら若い娘だった。

「お蔭さまで、無事に〈くら姫〉のご用が果たせました」

いつになく改まった言葉づかいの権兵衛が、うしろ戸の婆に頭を下げた。

えびす堂のツルと力を合わせて作った〈角のさかずき〉は、有名店の志乃屋に一歩及ばなかったものの、ほうじ茶に添える二月の菓子としてお蔵茶屋で供されていたのである。

「あんたたちの菓子が、いつも真っ先に売り切れていたと聞いているよ」

婆の言うとおり、〈角のさかずき〉は老若男女を問わず好まれた。お蔵茶屋でのご用を終えたあとは、えびす堂の店先で売られることが決まっていて、今日の初売りには開店前から大勢の客が列を作っていたという。

「結構なことだ。これからはもっと忙しくなるだろうよ。ときに、そちらのお客さまは、何を悩んでおいでだね」

婆に目を向けられ、権兵衛のうしろに隠れていた娘が、ぴくりと肩を揺らした。

際立った美人というわけではない。やや広めのおデコと丸い鼻先がご愛嬌（あいきょう）で、親しみを感じさせる江戸の町娘といったところだ。

もしかしたら権兵衛のいい人かもしれないと、おけいは横を向いてニンマリした。

笹屋の権兵衛は今年で二十五。小店の跡取り息子であれば、とうに身をかためて子供の一人や二人いてもよい年齢である。もし嫁を見せびらかしにきたのなら、いつも憎まれ口ばかりたたくひねくれ者に、冷やかしのひとつも言ってやらねばなるまい。

そう考えて身構えたのだが……。

「こちらの娘さんは、ツルの許嫁（いいなずけ）だ」

いきなり肩すかしを食ってしまった。えびす堂のツルも二十四歳にして独り身だが、どうしてまた、その許嫁を権兵衛が連れてきたのだろう。

「それがなぁ、いろいろあって、ややこしいことになっている」

何がいろいろで、どうややこしいのか。権兵衛は詳細を語ることなく、この娘の話を聞いてやってほしいと言い置いて、先に帰ってしまった。

残された娘は、なんとも心もとなげな顔で、目の前に座る子猿のような婆と、同じくらい小柄なおけいを交互にながめている。

「もっと側（そば）においで。嚙（か）みついたりしないから安心おし」

婆に手招きされ、覚悟を決めた様子でにじり寄る。

「手はじめに、あんたの名前と歳を聞かせてもらおうかね。生まれはどこで、どんなふうに育ったのかも教えておくれ」

さっそくはじまった言問いに、娘はごくりと生唾を飲んだ。

「名前は久美といいます。歳は十八。生まれも育ちも深川六間堀町です。家は淡路屋という団子屋で、九年前におっ母さんが、五年前にはお父つぁんが亡くなって、六つ年上の姉さんを親代わりに育ちました」

「今でも、姉さんと二人で暮らしているのかい」

お久美は少し考えるそぶりをして答えた。

「今は義理の兄さんと、甥っ子と、姪っ子も一緒です。お父つぁんが亡くなる少し前に、近所の弥次郎さんが、姉さんのお婿さんとしてきてくれたんです」

家業の団子屋は姉夫婦が継ぎ、お久美も看板娘として手伝っている。六間堀のあたりで淡路屋といえば、かなり知られた店なのだという。

「えびす堂のツルさんとは、いつ、どこで知り合ったのかね」

「二年前の春、神田明神へお参りにいって、ゴロツキにからまれているところを助けてもらいました。――あ、笹屋の権兵衛さんも一緒でした」

実際にゴロツキを蹴散らしてくれた権兵衛よりも、小兵ながら精悍できりりとした顔立ちのツルに、お久美は一目ぼれしてしまった。ツルもまんざらではなかったようで、すぐ人を立てて話がまとまったが、とんとん拍子にことが運んだのはそこまでだった。

「嫁にきてもらいたいのは山々だけど、しばらく待ってくれと言われました」

「待たされるわけは？」

　ここでお久美は、膝の上でグッと両手を握りしめた。

「ツルさんには、これまでも嫁取りの話があったそうです。私なんかよりずっと器量がよくて、いいお家のお嬢さんたちだったらしいのですけど……」

　取り持ちをした人の話では、どの娘も待ちぼうけを食わされた。祝言をずるずる先延ばしにされた末、娘の家のほうから断りを入れる羽目になったらしい。

　嫁ぐ側にしてみれば当然である。娘盛りともてはやされるのは十五、六から、せいぜい十八歳まで。この短い時期を過ぎてしまえば、世間さまから年増と呼ばれ、値打ちが下がったかのように扱われてしまうのだ。

「長く待たせるからには、それなりの事情があるのだろうね」

　途端、お久美が唇を噛んで黙り込んだ。ときおり何か言いたげに口を動かそうとするものの、また思い直したように唇を引き結んでしまう。

　その目の縁に涙が盛り上がるのを見て、おけいは傍らから口を添えた。

「話しづらいのは、ツルさんの妹……カメさんに関わることだから、ですね？」

ハッ、とお久美の顔がこちらを向く。

「大丈夫ですよ。神さまの前でありのままを話しても、陰口にはなりません」

そう言うおけいがツルとカメの兄妹に会ったのは、去年の秋のことだった。

えびす堂の長屋で末期の病人を看取ったことにはじまり、お蔵茶屋の菓子合せで競ったり助け合ったりして親しくなったが、カメの抱える気の毒な事情については、あとになって人づてに聞いた。ましてツルの縁談のことは今の今まで知らなかった。

ともあれ、巫女姿の娘に励まされて、お久美が涙ながらに重い口を開いた。

「ツルさんは、あたしと夫婦になりたいと言ってくれます。でも、カメさんが嫁ぐまで、自分も嫁をもらわないと決めているんです」

「ほう、ずいぶんと仲よしの兄妹じゃないか」

とぼけたふうに感心する婆の前で、ついにお久美が泣き声を上げた。

「それじゃあ困るんです。だって、だって……」

わーん、わーん、と、子供のように手放しで泣き続ける。

苦笑いを浮かべた婆は、これでは筋道を立てた話が聞けそうにないとみたか、懸命になだめようとしているおけいに言った。

「代わりに話しておくれ。えびす堂の若旦那とその妹が、どうして独り身のままでいるのか、おまえは知っているのだろう」

「はい、承知しております」

おけいは泣きじゃくる娘にとっておきの手巾を貸してやりながら、ことの起こりについて話しはじめた。

「ツルさんとカメさんは、双子の兄妹としてお生まれになったのです」


今を去ること二十四年前、えびす堂の若夫婦に初めての子が生まれた。

祖父母となった店主夫婦は、孫の誕生を喜びながらも戸惑いを隠しきれずにいた。産婆が男の赤子を取り上げてまもなく、女の赤子も生まれたからだ。

『はて、どうしたものかな』

『えらく大きなお腹だったから、もしかしたらとは思ってはいたけど……』

その夜、小さな顔を並べて眠っている赤子たちを前に、店主夫婦はため息をついた。

世間では畜生腹と呼んで双子を嫌う風潮があった。とりわけ男と女の双子となれば、前世で心中した男女の生まれ変わりだとか言いふらす輩もいて、商いをする家にとって歓迎されたことではないのだった。

『やっぱり片方は手放すしかないか』

『切ないねえ。一度に二人も孫を授かったっていうのにさ』

隣近所の口さがない連中に『縁起が悪い双子』などと嘲られるより、いっそどちらかを里子に出して、よそで育ててもらおうかというのである。

『でも、待てよ、倅と嫁さんにはどう言えばいいんだ』

『あたしゃ嫌だからね。そんな酷なこと、おまえさんが伝えておくれよ』

二人の子の親になったことを喜んでいる若夫婦に、世間に気がねして一人手放せとは言いたくない。嫌われ役を店主夫婦が押しつけ合っていると、奥のふすまが音もなく開いて、よぼよぼの老人が顔を出した。当時のえびす堂には、まだ店主の父親が長らえて、寝たり起きたりしながら過ごしていたのである。

『寝てなくていいのかい、親父さま』

『うるさくて寝てられねぇよ』

たとえ足腰は立たずとも、生粋の神田っ子として鳴らした年寄りは口が立つ。畳の上をずるずると這いずり、曾孫にあたる二人の赤子をのぞき込むと、その小さな頭を震える手でなでながら言った。

『決めたぞ。この子らの名前はツルとカメだ』

『鶴太郎とお亀、ですかい』

『鶴吉とお甕もいいね』

あれこれ考えをめぐらす店主夫婦に、そうではないと老人が言った。

『ただのツル。ただのカメだ』

たとえば不吉なものを見たり聞いたりしたとき、人は『つるかめつるかめ』と声に出して唱え、厄を避けようとする。だったら赤子の名前をツルとカメにすればよい。これから毎日、尽きることなく『ツル、カメ』『ツル、カメ』と名を呼んでやれば、世間さまも縁起が悪いとは言わないだろう。

カッカッカッ、と、うしろ戸の婆が大笑いした。

「なるほど、真っ当な知恵を授けた年寄りがいたわけだ」

おけいは神妙にうなずいた。ちなみにここまでの話は、出先でばったり顔を合わせた、事情通から聞いたものだ。

その事情通――お蔵茶屋で下足番をしているおたねは、おけいが明神下のえびす堂に出入りしていたことも承知しており、頼んでもいないのに双子の兄妹について、次のように詳しく話してくれたのだった。

つけた名前がよかったのか、えびす堂のツルとカメは、大きな怪我や病気をすることなく健やかに育った。そして高齢の曾祖父が逝き、祖父母も相次いでいなくなるころには、兄のツルは親が手を焼くほどの活発な少年となり、妹のカメは引っ込み思案でおとなしいながらも、見目かたちの美しい少女になっていた。

ここで登場してくるのが、定町廻り同心の依田丑之助である。

ツルと丑之助、そこに笹屋の権兵衛を加えた三人は、同じ日に入門した剣術道場の仲間で、町人と武家という身分の垣根を越えて馬が合った。気性はまるで違うが、それぞれに剣の筋がよい。なかでも武家の丑之助は、のちに門弟筆頭と認められるほど腕が立った。そんな丑之助と、ツルの妹のカメが、ひそやかに二世の約束を交わしたのは、ふたりが十七になったころだった。

当時、花の盛りを迎えていたカメのもとには、世間で嫌われがちな双子の片割れであるにもかかわらず、次々と縁談が舞い込んでいた。まさに百花繚乱、より取り見取りというところだったが、丑之助に一途な思いを寄せる当人は、人がうらやむほどの玉の輿にも脇目を振ろうとしなかった。

もちろん丑之助も、淑やかで美しいカメにぞっこんだった。しかしそのころ、依田家の当主が事故で大怪我を負うという不幸に見舞われた。

一人息子の丑之助は、父親に代わる同心見習いとして奉行所へ出仕し、嫁取りまで手がまわらない慌ただしい一年を過ごした。そして怪我から回復することなく父親が他界すると、十八歳にしてお役目と家督を継いだのである。

丑之助の身辺が落ち着いたことで、そろそろ依田家の側から正式な申し込みがあるものと、えびす堂の家族は考えていた。ところがいつになっても音沙汰がない。また一年が過ぎようかというころ、笹屋の権兵衛を介して事情が知れた。

『依田さまのおっ母さんが厳しい人でね。双子の娘を嫁にするなど縁起でもない、こんな縁談は認められないと言って、猛反対していたんだよ』

とっておきの噂話を披露するときのクセで、おたねは小さな目をぱちぱちさせた。

武家にも畜生腹を厭う者は多い。とりわけ厳格な丑之助の母親は、町人の身分で、しかも双子の片割れだというカメを、けっして受けいれようとしなかったのだ。

そこを突かれると、えびす堂の側はお手上げである。もう丑之助のことはあきらめて、引く手があるうちに他所へ嫁ぐよう諭したが、当のカメが首を縦に振らなかった。

自分が先に片づくなど考えられない。もし誰かが丑之助のもとに輿入れしたと聞いたら、そのときはあきらめて他所に嫁ぐ。どんな相手とでも不満は言わない。だから、その日が来るまで家に置いてもらいたい――。

娘の必死の訴えを聞くと、両親も無理強いはできなかった。

『普段はとてもおとなしい娘さんだと聞いていますけどね。やわそうな花ほど芯はかたくて手折れないものですよ』

そんなカメも今年で二十四。中年増となった今でも、後妻の口は引きも切らないと聞いている。だが本人に片づくつもりはない。なぜなら肝心の依田丑之助が、嫁取りを拒んで独り身のままでいるからだ。

『えらい長丁場になったものですよ。どちらも肚を据えたというか、決めたらテコでも動かない性分なんでしょう。えびす堂の娘はともかく、牛の旦那と呼ばれる依田さまらしいと言えばそれまでですけどね』

牛のヨダレはだらだら長く続くものだと名言を残して、おたねは去っていった。

「──で、今の話で間違いなかったかね」

うしろ戸の婆の念押しに、お久美がこくりとうなずいた。丑之助とカメの長くて厄介な恋路について語られるうち、ようやく気持ちが落ち着いたようで、今度はツルとのことを自分の言葉で話しはじめた。

「おけいさんのお話にもあったように、依田さまのお母さまは、まだお二人の仲を認めようとはなさいません。だからカメさんは今も実家を手伝っています」

カメは美人で気立てがよいうえに働き者だ。口数は少なくても、愛想が悪いわけではない。店先に立ってニコリと笑えば、明神下を歩く男たちが、明かりに惹かれる羽虫のごとく寄ってくる。味噌煎餅と並ぶえびす堂の名物と言ってもいいだろう。

店主夫婦としては、意に染まぬ縁談を押しつけるより、いっそ可愛い娘を手もとに残してもよいと考えるようになっていた。しかし、生まれたときからずっと一緒に育った双子の兄には、別の気がかりがあったようだ。

「ツルさんは心配なんです。自分が先に嫁をもらってしまったら、おとなしいカメさんがいじめられたり、肩身の狭い思いをしたりするんじゃないかって」

たとえいじめられなくても、兄嫁と一緒に暮らすことになれば、店先でも、台所でも、自分が出しゃばりすぎないよう気をつかって、そのうち疲れてしまうだろう。だからツルは、せっかくの縁談を先延ばしにした挙句、何人もの許嫁に逃げられてきたのである。

「相手の娘さんたちには申し訳ないことをしたと、ツルさんは悔いています。でも悪気はなかったんです」

当時は丑之助とカメとを隔てる関所の番人が、これほど頑なだとは思っていなかった。いかに忌み嫌われる双子の片割れとはいえ、そのうち一途なカメを受けいれてくれるものと軽く見ていたのだ。ところが、丑之助が家督を継いで六年が過ぎた今も、まだお許しは出ていない。

「ふーむ、頑固なおっ母さんだね。一番鶏が鳴くまでは、誰が何と言おうと、関所の扉を開けないつもりらしい」

函谷関の故事になぞらえて腕組みをするうしろ戸の婆に、唇を尖らせたお久美が、拗ねた口ぶりで訴えた。

「あたし、カメさんをいじめたりしないし、肩身の狭い思いもさせない。仲よしの姉妹として一緒に店を手伝うつもりなのに」

いかにも十八の娘らしい、明るい先行きだけを見据えたその言葉に、婆が皺深い口もとをゆるめて、小柄な巫女姿の娘を見やった。

おけいも同じ十八歳。お久美の乙女心はわかるが、できればカメを先に嫁がせてやりたいと願うツルの気持ちも無視できない。

「あたしだって、それが一番だとは思うのですけど……」

またしても泣きだしそうな娘に、うしろ戸の婆が改めて問うた。

「あんたはもう、待つのが嫌になったのかい」

「いいえ、そうじゃないんです」

お久美が新たな涙の粒を、ひとつこぼして言った。

待つのはかまわない。あと一年でも、二年でも、ツルが待てと言うのなら自分は待てる。けれども親代わりの姉と義兄が、辛抱ならぬというらしい。

「うちは親がいません。そのせいで先さまが軽く見ているのじゃないかって、姉さんは常々気にしていたんです。義兄(にい)さんも同じ考えで、このまま黙っていたら馬鹿にされる、一度くらい強く出なきゃダメだなんて言いだして」

義兄の弥次郎はいたって気のよい男だが、たまに頓痴気(とんちき)をやらかすのが玉に瑕(きず)だった。ひと月ほど前にも、えびす堂と話をつけてくるとか威勢のよいことを言って、明神下へ出かけたまではよかったが、景気づけに途中で一杯ひっかけたのがいけなかった。

「義兄さんたら、慣れない昼酒なんか飲んだものだから、あちらへ着くころにはすっかり出来上がっていて……」

　いつまでお久美を待たせるつもりだ、さっさと話を進めてもらわないと婚期を逃してしまう、などとまくしたてたあとに、うっかりよけいなことまで口走った。

　──おたくの行き遅れみたいになったら憐れだろうが。

　このひと言で、頭を低くして相手の言い分を聞いていたえびす堂の店主が態度を変えた。『行き遅れ』『憐れ』は、あまりに酷すぎると怒りだしたのである。

　あやうくつかみ合いの喧嘩になりかけた弥次郎と父親を、ツルと母親が引き離して事なきを得たが、それから両家のあいだに深い溝ができてしまった。

　酔いが醒めた弥次郎は、当然ながら女房のおなつと義妹のお久美からさんざんに責め立てられて謝ったものの、まだえびす堂へは詫びを入れていない。そもそも非があるのは向こうなのだから、こちらが先に謝るのは筋が違うというのが理由である。

（そうだったのね。これでようやく腑に落ちたわ）

　おけいには今の話に思い当たる節があった。

　たしか二月の朔日のこと、昼酒に酔った男がえびす堂の店主に罵声を浴びせていたと、仙太郎から聞いた覚えがある。その酔っ払いがお久美の義理の兄だったわけだ。

　まさに、いろいろあって、ややこしい事態に陥ってしまった。

　縁談そのものがご破算になることを恐れたお久美は、ツルの親友である笹屋の権兵衛に相談を持ちかけ、出直し神社へ行くことを勧められたのだった。

「では、そろそろ神さまへ願かけをしてやろうかね。あんたとツルさんが夫婦になれるよう お願いするかい」

お久美はうつむき、しばし考えてから言った。

「あたし、まだ待てます。カメさんなんて、もう六年も依田さまを待ち続けているのだもの。それをさしおいて、自分たちの幸せは祈れません」

これまでの経緯(いきさつ)を打ち明けているあいだに、お久美は覚悟を決めたらしい。

「お願いします。カメさんと依田さまとの仲にお許しが出ますよう、そして無事に祝言が挙げられますよう願かけをさせてください」

それさえ叶(かな)えば、自分とツルも晴れて夫婦になれるのだからと、すっきりした顔で言揚(ことあ)げした娘のため、うしろ戸の婆が立ち上がった。

祭壇に向かって祝詞(のりと)を上げ、古びた琵琶(びわ)を頭の上に掲げて揺する。

ゴトン。コトン。

重い音と、やや軽めの音がして、琵琶の穴から銭が落ちた。百文ざしがひとつと、その半分の五十文ざしがひとつ、合わせて百五十文のたね銭である。

「これ、どうやって使えばいいのですか」

「好きにおし。お守りとして持っておいてもかまわないが、百五十文も授かったのだから、そのうちよい使いみちが見つかるだろう」

ただし一年後の倍返しだけは忘れないよう念を押され、白布に包んでもらったたね銭を受け取って、お久美は社殿(しゃでん)をあとにした。

その姿が笹藪の小道へ消えるのを見届けた婆は、傍らに立つおけいに言った。

「覚悟おし。これから当分、双子に振りまわされることになるよ」

◉

神田明神下のゆるやかな坂道には、参拝客を相手に古くから商いをする店が多い。焼きたての煎餅が人気のえびす堂も、若旦那のツルで五代目となる。今その店先に数人の客が詰め寄り、口々に苦情を述べていた。

「本当にすみません。なるべく早い時刻にきてもらわないと、明日も早々に売り切れちまうと思います」

いったい何人の客に、朝から同じ詫びごとを言い続けているのだろう。

今日が初売りだった〈角のさかずき〉は、店を開けると同時に飛ぶように売れ、用意していた百個分が、瞬(また)くうちに品切れとなってしまった。

店主夫婦とツルは、目当ての品を買い損ねて怒りだす客に謝り続け、ようやく長い一日を終えようとしているのだった。

暮れ六つの鐘が鳴ったあとも、まだ話題の菓子を買いに来る客がいる。そちらの応対をツルに任せた店主夫婦は、しばらく前から奥の台所で待っている、巫女姿の娘のもとへとやってきた。

「待たせてすまなかったな、おけいさん」

「いいえ。お忙しいと知りつつお邪魔して、わたしのほうこそすみません」

おけいは板張りの床で、すでに顔馴染み（かおなじみ）の夫婦に頭を下げた。

「ところでお久美さんが、あんたの神社を訪ねたっていうのは本当かい」

「はい。お昼ごろでしたか、権兵衛さんと一緒にお参りに来られて、少しだけお話をして帰られました」

たね銭のことには触れず、大まかな成り行きだけを話して聞かせる。

「てことは、淡路屋の弥次郎さんが、うちに押しかけたことも知っているんだな」

「存じております」

そのせいで気まずくなってしまった両家の橋渡しをするよう、うしろ戸の婆に言いつかってきたのである。

「ねえ、おまえさん。せっかくそう言ってくれるのだから、ここはおけいさんにお任せしたほうがよくないかい」

珍しく店主の話に割って入った女将（おかみ）が、小柄な娘に打ち明けた。

「女房の口から言うのもなんだけど、うちの人は元来ものわかりがいいほうなんですよ。それが今回ばかりは腹が収まらないらしくて……」

　よりによって〈角のさかずき〉の初披露を翌日に控えた大事のときに、酔って押しかけただけでも不届きである。そのうえ大事な娘を悪(あ)しざまに言われては、易々(やすやす)と許す気になれないのだという。

　もちろん、お久美を一年以上も待たせているのは本当で、あちらの言い分ももっともだとわかっている。二月はお蔵茶屋へ菓子を納めるご用に手一杯だっただけで、この縁談をなかったことにするつもりはない。ただ、弥次郎の言い草を思い出すたび、店主は腸(はらわた)が煮え繰りかえってしまうらしい。

「だってそうだろう。言うにこと欠いて『行き遅れ』だの『憐れ』だの――」

「もういいじゃありませんか、お父つぁん」

　歯がみをする店主に、勝手口のほうから控えめな声がかけられた。

「あ、カメさん」

　いつからそこに立っていたのか。菫(すみれ)色や紅藤(べにふじ)色など、紫使いの矢鱈縞(やたらじま)を着たえびす堂の看板娘は、夕餉(ゆうげ)の買いものを脇に置くと、母親の横で両手をついた。

「このたびは、内輪の取り込みのために足をお運びくださって、ありがとうございます。思えばおけいさんには、去年からお世話になりっぱなしですね」

「そんな、お世話になったのはわたしのほうです」

去年の秋に裏長屋で病人の看病をした際、おけいの分まで食事を作り、不便のないよう陰で心を砕いてくれたのはカメである。あれからまだ四か月。当たり前のことだが、目の前の容貌は相変わらず美しかった。

ふっくらした頰。細く通った鼻筋。明け方の三日月にも似た優しい目――。〈くら姫〉のお妙を鮮やかな牡丹の花に喩えるなら、こちらは朝露に濡れた藤の花だ。

しかも見た目がよいだけでなく、しゃしゃり出ない慎ましさを好ましく思う者も多い。おとなしすぎると意見する者がある一方、カメは働き者で気性も穏やかだった。

(依田さまから、お嫁さんにしたいと望まれるのも当然だわ)

カメの半分でも、そのまた半分でもいい。もう少し器量に恵まれていたら、自分も年ごろの娘として丑之助に見てもらえただろうか……。

一度はあきらめた思いを再び燻ぶらせるおけいの前で、カメが父親に向き直った。

「あちらもお酒の勢いで言っただけのこと。わたしは気にしていませんから」

「うーん、けどなぁ」

「それより早く、お久美さんを安心させてあげましょう」

ね、お父つぁん。と、悪口を言われた当人に微笑まれては、怒りを鎮めるしかない。

「うう……わ、わかった。おけいさん、すまないが取り成しを頼めるかい」

「承知いたしました」

　両家ともに昼間は仕事がある。善は急げということで、今から店主夫婦と共に、先方へ乗り込むことになった。


「いやはや、何とも面目ねぇこって」

「うちのが馬鹿をやらかしたっていうのに、わざわざ出向いていただいて……」

　きちんと羽織をつけ、えびす堂の屋号が入った提灯(ちょうちん)を照らして現れた夫婦を見るなり、淡路屋の若い夫婦はすっかり取り乱してしまった。店脇の手狭な座敷に客を上げたまではよかったが、あとはもう、どうしてよいやらわからない。仕事着のまま這いつくばって、詫びの言葉を繰り返すだけである。

「お二人とも、もうお顔を上げてください」

　えびす堂の店主が見かねて言った。

「そもそもツルとお久美さんとのことで、不義理しているのはうちのほうだ。忙しいのを言い訳に、うっちゃらかして申し訳なかった」

「ま、待っておくんなさい」

　頭を下げようとする店主を、淡路屋の弥次郎が慌てて止める。

「やっぱり先に謝らなきゃならねぇのはオレですよ。そちらのカメさんが嫁ぐまで、一年でも二年でも待たせてもらうなんて、格好つけておきながら……」

六間堀の界隈で、『淡路屋のお久美はまだもらい手が見つからない』などと面白がるような噂が流れはじめると、義兄として焦りが生じた。そこで一度くらいなら催促してもバチは当たらないと思ったのが、大失敗につながってしまった。

「酔いに任せて馬鹿言っちまって、ずっと悪いことをしたと悔いていました」

どうか堪忍してください、と、素直に首を垂れる弥次郎を見て、仲裁の手間がなくなったおけいは、ホッと胸をなでおろした。

(なぁんだ、よかった。本当はとてもいい人たちだったのね)

女房のおなつの話によると、淡路屋の姉妹にも、婿の弥次郎にも、いざというとき頼りになる親類縁者がいない。まだ十代のころから自分たちだけの力で店を守り、妹のお久美のことも、親代わりとして立派に嫁がせてやろうと心に決めていた。さればこそ、祝言を先延ばしにするえびす堂が、こちらを軽く見ているように思えてしまったのだという。

「そう受け取るのも無理はない。うちの気づかいが足りなかった」

えびす堂の店主夫婦もそろって頭を下げ、この一件は手打ちとしたうえで、新たな申し入れがあった。

まだ当分カメの嫁入り話は進みそうにないが、隣近所で心ない噂を流されては、あまりにお久美が気の毒である。せめてツルの正式な許嫁として、えびす堂の仕事を手伝ってはもらえないかというのだ。

「いずれはうちの若女将になってもらう人だし、当面は通いで仕事を覚えてもらうということでどうだろう」

「そ、そりゃ、そうさせてもらえたら……」

近所の人々にも胸を張って、お久美はえびす堂の花嫁修業に通っていると言える。こんなありがたいことはないと、姉のおなつは喜んだ。

さっそく細かい段取りを決めようとする一同の耳に、閉じたふすまの向こう側から、弥次郎夫婦の子供たちかと思われる無邪気な声が聞こえてきた。

「よかったね、くみおばちゃん」

「ほーんと、よかったね」

嬉しさにむせび泣く若い娘の声が、それに続いたのだった。

◉

うしろ戸の婆とおけいは、大きな木箱を挟んで向き合っていた。

「これはまた、たんとこさえてくれたものだ」

「朝はお忙しいでしょうに」

木箱の中には、団子らしきものがぎっしり並んでいる。つい先刻、淡路屋のお久美が、三日前の礼として持参したものだ。

あの場で決まったとおり、お久美はツルの許嫁として、えびす堂の仕事を手伝うことになった。今日はその行きがけに下谷の出直し神社まで足を延ばし、姉夫婦がこしらえた団子を置いていったのである。

「ごらん、珍しい団子じゃないか」

江戸の町でよく見かけるのは、米粉の生地を小さく丸め、串に四つ刺した団子だった。ところが婆が箱から取り出した団子は、ひとつずつの玉になっていない。生地を大雑把な筒状にして、串で上下に貫いてあるだけだ。

「ふむ、タレは薄めの甘味噌だね」

「あっさりした味つけですけど、生地によく馴染んでいます」

串に刺した生地を最後にギュッと握り、デコボコの指跡を残したことで、さらりとしたタレでもよくからむらしい。

淡路屋では、これを〈にぎり団子〉と名づけて売っていた。

日本橋から買いに来る客もいると、お久美が自慢しただけのことはあるが、女が二人しかいない出直し神社には多すぎる量だった。婆が二本、おけいが三本食べて腹が膨れても、まだ木箱の中には三十本以上の団子が残っている。

「そうだ。たまご問屋に若いのがいただろう」

「らほちさん――いえ、獅子丸さんのことですか」

棒手振りのらほちから〈とりの子屋〉の若旦那となった獅子丸は団子好きだ。初めてここを訪れたときも、団子なら何本でも食えると言っていた。

「今すぐ持っていっておやり」

婆が木箱の蓋を閉めて前へ押しやった。

「早く食べてしまわないと、かたくなったら味が落ちる。それにおまえには、やり残したことがあったように思うがね」

「やり残したこと……」

おけいの頭の中に思い浮かんだ顔があった。何かを思い詰めているかのように、かたく口を閉ざした女の児。そうだ、あれは――。

「わかりました。行ってまいります」

さっそく風呂敷に包んだ木箱を提げ、神田須田町へと向かうことにした。

須田町の市場通りに、甘い匂いがただよっていた。

買いもの途中の人々は、みな鼻をうごめかせ、匂いの出所である〈とりの子屋〉の店先に立ち止まって、何かを見物している。

人々の隙間から店の中をのぞき見たおけいは、思わず笑みをもらした。

（やっぱり、おヨネさんだ）

勇ましくも赤たすきをかけた老婆が、店土間に据えられた七輪に底の平たい鉄鍋を置き、得意のたまごを焼き上げようとしているのだ。

ちょうど最後の見せ場に差しかかったところで、鍋の上で膨らんだたまごを、おヨネが手早く木べらですくい取り、皿の上でふんわり二つ折りにしてみせる。

「当店お勧めのたまご料理、〈ふくふくたまご〉でございます」

おお、これが——と、側で見ていた料理人らしき面々が声を上げた。

「すごいな、まるで羽二重(はぶたえ)の布団じゃないか」

「よくもこれだけ膨らむものだ」

感心する男たちに、おヨネが焼きたてのたまごを味見させている。

〈とりの子屋〉では、客寄せの能楽をやめる代わりとして、目新しいたまご料理の作り方を、料亭や仕出し屋の料理人たちに伝授する試みをはじめた。その第一弾に選ばれたのが、もと宿屋の台所女中だったおヨネの〈ふくふくたまご〉なのである。

「みなさま、お口に合いましたでしょうか」

遠目に様子を見ていた番頭の三十治郎も、帳場から下りてきて口を添えた。

「泡立てに手間がかかりますし、ときが経(た)てばしぼんでしまいますから、お弁当や仕出し向きではございません。その点、有名料理店の台所を任されたみなさまなら、大事なお客さま向けの一品として、活かしてくださるかと存じます」

いうまでもなく、料理人たちは大乗り気である。さっそく店に戻って試したいからと、その場で生たまごをまとめて注文しはじめた。

（よかった。おヨネさんの〈ふくふくたまご〉は好評だわ）

これを皮切りに、次々とたまごを使った料理が世に送り出されるだろう。今はまだ特別な食材として扱われていても、いつかきっと、たまごが日常の飯の菜となり、庶民の膳や弁当をいろどる日が来るに違いない。

そんな明るい見通しを抱きながら、おけいは勝手口にまわって案内を請うた。

「こんにちは。お忙しいところをお邪魔いたします」

おすそ分けに団子を持参した旨を伝えると、愛想よく出迎えた女中たちが、とさか太夫のいる離れ座敷へ通してくれた。

「ああ、よくきてくださいましたね。あれからおけいさんはどうしているのかと、今朝がた仁蔵と話したところですよ」

作りかけの面を放り出し、素顔のとさか太夫がおけいの手を取った。

二十年にわたってかぶり続けたニワトリの面を、ようやく外すことができた太夫だったが、まだ外へ出て素顔をさらすだけの勇気はなかった。以前と同様、離れ座敷の作業場にこもって張り子の面を作る日々だという。

「焦らないでください。あれから十日も経っていないのですから、人通りの少ない時間にお散歩でもはじめてみてはいかがでしょう」

「仁蔵も、獅子丸も、同じことを言ってくれるのですけど……」

素顔で外を歩く、ただそれだけのことが、こんなに大変だとは思ってもみなかったと、太夫は苦笑いをした。

「獅子丸さんは、ご不在だそうですね」

「挨拶まわりに忙しいのですよ」

晴れて〈とりの子屋〉の若旦那となった獅子丸は、一日も早く世間に顔と名前を憶えてもらえるよう励んでいる。今日は店主の仁蔵に連れられ、近郊の村々でニワトリを飼っている百姓家をまわっているらしい。

「とても愛想のいい子ですから、お得意先にはすぐ気に入ってもらえたようです。それに仕事の覚えも早いらしくて、番頭の三十治郎が感心していました」

獅子丸のこととなると、それまで萎れ気味だった太夫が急に生き生きとした。

急いで仕立てた黒紋付がとてもよく似合うことや、おヨネが〈ふくふくたまご〉を焼くときには、時間の許すかぎり泡立て役を務めていることなど、二十年ぶりで一緒に暮らす息子が愛おしくてたまらない様子が、言葉の端々からあふれ出てくる。

(朗らかで人好きのする獅子丸さんのご気性は、きっとお母さま譲りだわ)

だとしたら、やはり太夫も外へ出るほうがよい。焦るなとは言ったものの、同年配の知り合いでもできれば、今とは違った毎日が過ごせるはずだ。

獅子丸が忙しいのなら、自分が散歩に連れ出してみようか……などと思案していると、茶盆を手にした上女中（かみ）がやってきた。

「おけいさんが差し入れてくださったお団子です」

獅子丸の分を取り置き、あとはみなさんでお召し上がりくださいと頼んでおいたのだが、自分の前にも皿が置かれてしまった。

そのまま下がろうとする上女中を、ふと思い立っておけいが引きとめる。

「おひなさんはいらっしゃいますか。よろしければ、このお団子を差し上げて、少しだけお話ししたいのですが」

以前おけいが、女中見習いの女の児から素性を聞き出すよう店主に言いつかっていたことは、主立った奉公人たちも覚えている。

女主人が目顔でうなずくのを確かめ、上女中は障子の外へと視線を向けた。

「おひなでしたら、裏庭で洗濯をしています」

〈とりの子屋〉の裏庭に大きな柳の木がある。その向こうの井戸端で、女の児が盛大に水を飛ばして汚れものを洗っていた。

〽ハァー 本所かよいの あのチョキ船で 月は見れども まつい橋ぃ
前にも聞いた潮来節のような唄を口ずさみながら、上手に洗濯板を使っている。

〽ハァー 片葉堀とて つれない葦よ 逢わせたまいや――

こちらの足音に気づいたのか、唄が途切れると同時に手も止まり、しっかりえらの張った顔が上を向く。

「こんにちは、おひなさん。お仕事中にお邪魔します」

「あんた、神社に帰ったんじゃなかったのかい」

巫女姿の娘を見るなり、おひなが太い眉を片方だけ吊り上げて言った。

「ええ、でも今日はお下がりの団子をお持ちしたんです」

女の児があっさりと口をきいてくれたことに、おけいは心の中で安堵していた。どうやら本気で嫌われたわけではなさそうだ。

「これ、おひなさんの分です。どうぞ召し上がれ」

「…………」

おけいの差し出す皿を黙って受け取り、かたくなってしまった団子を噛みちぎる。

台所で軽くあぶりなおしてもらえばよかったと、気づいたときには遅かった。一串しかない団子はあっという間に腹の中へと消え、おひなは男の児のような仕草で、口の端についた味噌ダレを手の甲でぬぐった。

「うまかった。深川に団子屋は多いけど、淡路屋が一番好きだ」

それならよかった。ようやくまともな口をきいてもらえたことにも安堵したが、ここで素性について訊ねたりしたら、また心を閉ざされてしまいそうだ。

どうしたものかと思案するおけいの前で、同じように考え込んでいたおひなが、自分の足もとに向かってボソッとつぶやいた。

「ごめん。あのときは酷いことを言った」

「酷いって……」

どうやらアマガエル呼ばわりしたことを詫びているらしい。

「てっきり同じ歳くらいと思っていたから、掃除も、洗濯も、あんたが手早く上手にできるのが妬ましかったんだ。それに――」

お店の大人たちから可愛がられているのもうらやましかった。自分もあんなふうに、明るく笑って仕事がしたい、そうできればよかったのに……などと鬱々するうち、つい意地の悪い言葉が口を衝いてしまったのだという。

「あとになって、姉ちゃんよりずっと年上だって知った。でも、そのときにはもう神社に帰っちまっていたから」

ずっと悔やんでいたと白状するおひなが、おけいにはいじらしく思えてきた。

なぜ十二歳の子供が身もとを隠し、口を閉ざし続けるのか。当人のためにも事情を聞き出したいところだが、今日はここまでにしておいたほうがよさそうだ。

また近いうちに会いに来るつもりで〈とりの子屋〉を出たおけいは、市場通りを歩きながら気がついた。

(わたし、あのお団子が淡路屋さんのものだと言ったかしら……)

間口一間半(約二・七メートル)の狭い店先に、大勢の客が並んでいた。

「大急ぎで十本包んでもらえるかい」

「おいらにも一本おくれ」

店主が額に汗をにじませつつ、七輪で焦げ目をつけた団子を味噌ダレにくぐらせる。先頭の客が帰っても、また新しい客がきてうしろにつく。

「残り五十本。泣いても笑っても、あと五十本で終わりだよう!」

「そんな殺生な。こちとら柳橋からきたんだぜ」

並んだばかりの客に文句を言われても、団子を包んで勘定をする女将は動じない。

「すみませんね。いつもはもっと早い時刻に売り切れちまうんですよ」

淡路屋のにぎり団子は、一串三文と値ごろなうえに味もよいと評判で、毎朝四つ(午前十時ごろ)の開店と同時に客が並ぶ。そのまま客足が途絶えることなく、八つ半(午後三時ごろ)には売り切ってしまうことが多いのだという。

「ねーねー、毬つきの次はこれで遊ぼうよ」

「あそぼうよー」

店先を見ているおけいの白衣の袖を、小さな二つの手が引っ張る。

「竹馬には乗れる？」

「ええ、乗れますとも」

五歳の男の児が差し出す二本の竹を受け取ると、高歯の下駄をぬぎ捨て、えいっと気合を入れて飛び乗った。

「わーい。おけいたん、じょーず」

三歳の女の児が手を叩いて喜んでいる。

実際、おけいは竹馬が上手だ。まだ品川の養父母が健在だったころ、近所の男の児らと竹馬の駆けくらべをして負けたことは一度もない。

「ねーねー、もっと速く走ってみせて」

ねだられるまま、六間堀に沿った道を何度も往復する。若草色の袴をつけているので、子供のころより今のほうが軽快に走れて気持ちがよい。

「こら、あんたたち。おけいさんは子供じゃないんだよ！」

女将のおなつが、最後の客を見送ったその足でとんできた。

「すみません。うちの子らときたら無茶を言って」

「いいえ、わたしは竹馬が好きです。だって背が高くなった気分になれますから」

下駄代わりにして歩きたいくらいだと、笑ってみせる小娘の左右の袖に、まだ遊び足りない子供たちがまとわりつく。

「ねーねー、おけいちゃん。木登りはできる？」

「できますとも。でも、それはまた今度にしましょうね」

二人の幼児と手をつなぎ、おなつのあとについて店へと戻る。淡路屋夫婦から話を聞きたくて、店じまいまでの子守りを引き受けていたのだ。

「お蔭さまで、あれからお久美は上機嫌でえびす堂さんに通っています。うちの店で働くよりも、よほど張り合いがあるらしくてね」

前に訪ねたときと同じ座敷で、おなつが改めて礼を言った。妹が許嫁（いいなずけ）のもとで生き生きと働いていることが、親代わりの身として嬉しいのだろう。

「こちらこそ、たくさんのお団子をありがとうございました」

「なぁに、あんなものでよけりゃいつでも」

あと片づけの手を止めた弥次郎も、座敷に上がって話に加わった。

「――で、うちの客について知りたいことって何だい」

おけいは淡路屋夫婦に、おひなの年ごろと人相などを詳しく話して、心当たりがないか訊ねてみた。

「うーん。十二歳くらいで、えらの張った四角い顔に、太い眉か……」

弥次郎も、おなつも、真剣に考えてくれたが、思い当たる女の児はいないという。

「毎日たくさんの子が団子を買いにきてくれるからねえ。八名川町におひなちゃんって子はいるけど、うちの春吉と同い年だし……」

「そうだな。少なくとも近所の子じゃなさそうだ」

一度や二度、買いにきた程度なら、顔まで覚えていられないという弥次郎の言葉はもっともだった。おひなが淡路屋の団子を知っていたので、てっきり淡路屋のほうでも心当たりがあると思ったのだが、よく考えてみれば、本人が買いにきていたとは限らない。土産にもらっただけかもしれないのだから。

「がっかりするのは早いですよ。ひと目見てうちの団子だとわかったのなら、少なくとも深川に関わりのある子じゃないですかね」

塩垂れたおけいの肩を、おなつが力強く叩いて励ました。

「じきお久美も戻ります。妹は子供の客によく話しかけていましたし、何か――」

わかるかもしれないと言いかけた顔から、みるみる血の気が引いてゆく。

「お、おなつさん……？」

前掛けで口もとを押さえたかと思うと、おなつは慌ただしくその場を離れ、裏口のほうへと走り去ってしまった。

「お母ちゃーん」

「おかーちゃーん」

うしろを追いかけようとする子供らを、弥次郎が両手に抱いて引きとめる。

「大丈夫だ。おっ母さんは厠(かわや)に立っただけだから」

「もしかして、お加減がよろしくなかったのですか」

悪いところにきてしまったと恐縮するおけいに、弥次郎が照れながら、今年中に子供がひとり増えるのだと白状する。

「まあ、それは、おめでとうございます」

「へへっ、嬉しいような、困ったような……」

流行(はや)りの細い髷(まげ)をなでつけながら、弥次郎はどっちつかずの顔をして言った。

三人目が生まれるのはいいが、先の二人のときに比べておなつの悪阻(つわり)がひどく、とくに団子の生地を蒸した匂いを嗅ぐと気分が悪くなる。今までなら看板娘として店を手伝っていた妹のお久美も、朝からえびす堂へ出かけてしまうので、弥次郎ひとりで仕込みをするしかないのだという。

「オレが気張って働けばいいんだが、ちょうど今、深川の団子屋仲間と企てていることがあって、何かと気ぜわしいんだ」

本当なら女手を雇いたい。ただ、おなつの悪阻が明日にもけろりと治ってしまうことを考えて、口入れ屋へ行くのをためらっているらしい。

「なにしろ淡路屋のにぎり団子には、おなつの親父さんが何年も工夫を重ねて作った、秘伝の生地を使うからな」

なるべく他人に仕込みを見せたくないという弥次郎に、おけいは勢い込んで言った。

「それなら、わたしをお使いください。小さいお子さんのお世話は慣れていますし、生地の仕込みは見ないように気をつけますから！」

◉

「本当にいいんですかねぇ、巫女さんに団子屋の手伝いをさせて……」

戸惑いを隠せないおなつの前で、おけいは蒸しあがったばかりの団子生地を、木の臼に移し替えながら言った。

「気になさらないでください。わたしは正式な巫女ではありませんから」

おなつの悪阻が治まるまでのあいだ、深川の六間堀町に通って淡路屋を手伝うことを、うしろ戸の婆に許してもらえたのだ。

「でも、お給金もいらないなんて……」

それはいつものことだった。今回は空いた時間を使い、おひなのことを調べさせてもらうことになっているので、ありがたいくらいだ。

「ささ、蒸し米の匂いで気分が悪くなってはいけませんから、あちらでお子さんたちと遊んであげてください」

まだ何か言いたそうなおなつを奥の部屋へ追いやってしまうと、次は弥次郎から生地のこね方を教わる。

「いいかい、おけいさん。こうやって生地が熱いうちに杵でこねるんだ」

団子に使われる上新粉は、糯米ではなく粳米の粉だ。したがって杵でこねても餅のような粘りはでないが、こねすぎると噛んだときの面白味がなくなる。

「八分づきというところかな。雑穀の歯ざわりが残る程度にとどめておくのがコツだって、オレは先代から教わった」

おけいが見ている前で、弥次郎はこねた生地を左手でひとつかみ取り、長細いかたちにととのえた。それに竹串を刺し、最後は軽く握って指の跡をつける。

「少しくらい不格好なのはかまわねぇけど、大きさだけはそろえてくれよ。うちは子供の客も多いから、大きさが違うと喧嘩になっちまう」

「はい、わかりました」

弥次郎が試し用に分けてくれた生地を使って真似てみる。簡単そうに見えても、左手だけで蒲の穂のようなかたちにするのが難しい。しかも、おけいの手は小さいので、ひとつかみの量がどうしても少なめになってしまう。

「手が重さを覚えるまで、あらかじめ同じ大きさに切り分けておいたほうがいい」

「はい、そうします」

弥次郎が作った見本を横に置き、同じ大きさにそろえた団子の生地を串に刺してゆく。最後にギュッと握って指の跡をつけるときの感触は、なんとも言えず気持ちよい。

出来た団子の串は、箱に並べて布巾をかけておく。それが終わると、急いで次の生地の仕込みにかからねばならない。

生地用の上新粉に、炊いた雑穀をまぜる割合は秘伝なので、あらかじめ弥次郎が用意しておいたものを使う。これに湯を加えてこね、千切って蒸籠で蒸すのである。

おけいが竈の火加減を見ていると、七輪で団子をあぶる香ばしい匂いがしてきた。その匂いに誘われて、次々と客がやって来る。

「ちょうど小腹が減っていたのよ。一本くださいな」

「俺は手土産にするから、二十本包んでくれ」

それから八つ過ぎに売り切れるまで、客足が絶えることはなかった。

淡路屋に通いはじめて二日目、えびす堂から戻ったお久美が、日没が迫っても子供たちと一緒にいるおけいを見つけて、申し訳なさそうな顔をした。

「すみません。あたしの代わりに子守りまでさせてしまって……」

子守りではない。時間つぶしを兼ねて、子供たちと楽しく遊んでいただけだ。

「ねーねー、くみおばちゃん。おけいちゃんはすごいんだよ」

「すンごいんだよー」

無邪気な子供らは、空き地の隅に生えているセンダンの木に、おけいがするすると猿(ましら)のように登ってみせたことを、口止めする暇もなく話してしまう。

恥ずかしさに顔を赤くしたところへ、明日の仕込みを終えた弥次郎が迎えにきた。

「待たせたな。行こうか」

今夜はこれから団子屋仲間の寄合いがある。おけいも同行して、おひなのことを訊ねてみてはどうかと勧められたのだ。

まだ遊び足りない子供らをお久美に任せ、弥次郎のうしろについて六間堀沿いの道を南へと歩く。寄合い場所となっているのは、海辺大工町(うみべだいくちょう)の居酒屋の二階だった。

「やっときたか。遅いぞ、弥次さん」

「うしろにいるのが、働き者の巫女さんかい」

深川には団子屋が多い。露店を除いても四十軒を下らない店があると聞いていたが、見たところ座敷に座っているのは、若い男が七人だけだ。

「集まりが悪りぃな。三つ玉屋はどうした」

「今夜は別用があるとさ。もちろんウメ屋とタケ屋も来ねえ」

ちっ、また日和見か、と、舌打ちをした弥次郎が、おけいを前に押し出して言った。

「とにかく、本題の前にこの人の話を聞いてやってくれ」

若い店主たちの視線を浴びて、おけいは少々おたつきながらも、おひなの名前と年齢、人相や背格好などを詳しく伝え、心当たりがないか訊ねた。

かなり期待していたのだが、みな互いに顔を見合わせて首を捻るばかりである。

「……すみません。お邪魔をいたしました」

早々にあきらめて退散しようとする小さな背中に、男たちから声がかかる。

「待てよ。せっかくきたんだし。茶漬けでも食っていきな」

「おひなとかいう女の児のことは、ほかの小父さんたちにも聞いてやるから」

それがいい、それがいい。ここの茶漬けは旨いぞう。などと半ば強引に座に据えられ、飯を食うことになってしまった。若い店主たちの目には、おけいが十二、三歳の女の児にしか見えていないらしい。

(いいのかしら。今夜は大事な寄合いのはずだけど……)

もうこうなったら仕方がない。成り行きに任せ、本来なら酒宴の最後に供されるというアジの切り身をのせた出汁茶漬けをいただきながら、会合を見物する。

何が議題に上がっているのかは、隣にいる弥次郎が教えてくれた。

「じつはオレたち有志の仲間で、団子祭りを開くことになったんだ」

会場となるのは地元の名刹・霊巌寺。広い境内を囲むように、それぞれの店が屋台を出して、江戸中から客を呼び込もうというのである。

「だってな、近ごろやたら気取った上菓子ばかりがもてはやされるだろう。去年の暮れに紺屋町の〈くら姫〉で、菓子合せがあってからはなおさらだ」

裏店の駄菓子屋までが、お蔵茶屋で扱っているような菓子を真似るようになり、客の側も見た目の凝った菓子を好んで買ってゆく。このままでは素朴な団子が見棄てられてしまうのではないかと、仲間内から危ぶむ声が上がったらしい。

ただ、お蔵茶屋に出入りしていたおけいとしては、茶に合わせて特別なひとときを楽しむための菓子と、子供でも買える団子を比べることに意味があるとは思えなかった。安くて腹もちのよい団子は、町場で生きる人々にとって大事なおやつのはずだ。

「オレだって、吉祥堂や橋元屋みたいな老舗の向こうを張ろうとは思わねぇよ。けどな、ついこないだまで細々と煎餅を焼いていた小店まで、お蔵茶屋に洒落た菓子なんぞを卸して、いい気になっているかと思うと……」

悔しそうに唇を噛む横顔を見て、おけいはようやく合点がいった。

弥次郎が酒の勢いを借りてえびす堂に怒鳴り込んだ裏には、お久美とツルとの縁談をうやむやにされることへの疑念だけでなく、菓子合せで名を上げることになったえびす堂を、うらやむ気持ちが隠されていたのだ。

「とにかく、いじけていたって埒が明かねぇ。いっそオレたちも〈くら姫〉にあやかって、派手な祭りを一発かましてやろうってことになったのさ」

会場に客を呼び込み、気に入った屋台を食べ歩いてもらうことで、団子のよさを見直してもらう。そんな弥次郎の考えに、若い店主たちは賛同した。ところが団子屋仲間の重鎮でもある年配の店主たちが、まるで興味を示さなかった。

結局、四十三軒ある仲間のうち、祭りへの参加を申し出たのは、淡路屋を入れて十軒だけ。八軒がまだ思案中で、あとの二十五軒は高みの見物だという。

「上等じゃねえか。頭の固いジジイたちが加わっても足手まといだ。若手だけでもやれるってことを見せてやろう」

強がってみせる弥次郎とは逆に、二十代からせいぜい三十路半ばと思われる若い店主たちは、いまひとつ意気が上がらない様子である。

「けどよぉ、三つ玉の野郎は、あわよくば抜けるつもりだぜ」

「ウメ屋とタケ屋は三つ玉屋の言いなりだし、残り七軒になったら祭りは取りやめたほうがいいって、さっき長さんも言ってたしなぁ」

仲間たちの言葉に、弥次郎の顔がみるみる赤く染まる。

「お、おまえら、抜けるつもりか。一緒に祭りを盛り上げると言ったのはどこの――」

「まあまあ、弥次さん。まだ誰も抜けるとは言ってないだろう」

落ち着いた声でなだめたのは、壁に背をあずけて話を聞いていた男だった。弥次郎と一緒に若い店主たちをまとめている飛騨屋の長助である。

「けどな、参加する店が減ったら困るというのは本当だ。霊巌寺の境内を借りる代金と、屋台の組み立て代、灯籠や提灯の油代などの費えは、頭数で割るんだから」

しっかり者らしい仲間の言葉に、たちまち弥次郎がしゅんとなる。

「だったら長さんよ、オレはどうすりゃいいんだ」

考えるのは不得手だが、祭りをやり遂げるためなら何でもする。いい知恵を出してくれと拝まれ、長助が腕組みをして唸った。

「とにかく今は、抜けたがっている連中を引きとめるのが先だろうな。三つ玉屋だけじゃないぞ。祭りに銭をつぎ込んでも無駄になるんじゃないかって、ここにいるみんなが心配しているんだ」

せっかくの祭りに客がきてくれなくては困る。用意した団子も無駄になるし、世間から見直されるどころか、江戸中の笑いものになりかねない。そんな不安が若い店主たちのあいだに広がっていることを、一同に代わって長助が告げた。

「屋台で団子を売るのはいいとして、何かこう、もっとわくわくして、遠くからでも客が足を運びたくなるような趣向があればいいんだが」

「今さらそんなことを言われても……」

弥次郎が頭を抱えた。今日はもう三月六日。祭りは十五日の晩なので、残すところ十日を切ったことになる。しかも客を集めるための趣向、たとえば芝居や見世物などの興行を打つためには、先立つものが必要だった。

「そうだ。団子屋仲間で積み立ててきた銭があるじゃないか。あれを使えば――」

残念だがそれは無理だと、長助にあっさり退けられた。

積立金を使うには、仲間全員の同意がいる。祭りに加わる店が全体の半数にも満たない今の状況では、願い出たところで叶うはずがないのである。

(困ったわ。人を呼び込むための名案が、ほかにあればいいのだけど)

いつしかお通夜のようになってしまった寄合いの席で、おけいは空になったどんぶり鉢を膝に抱えて思案をめぐらせた。

会場となる霊巌寺の境内は広い。そこに十軒の団子屋が屋台を出す。みたらし団子、花見団子、醤油(しょうゆ)団子、よもぎ団子……。味も見た目も異なる団子をたっぷり用意できるのだから、これらを使った催しができないものだろうか。

そこまで考えたとき、ある男の声が天啓のごとくよみがえって、おけいはどんぶり鉢を抱いたままぴょんと跳び上がった。

「ひらめきました。お団子の大食いくらべはいかがでしょう！」

翌日の夕方、弥次郎とおけいは、三つ玉屋の店主と向き合っていた。

昨日の寄合いのあとに文を書き送り、祭りに新しい趣向を加えることになったと知らせておいたのだ。

「どうだ、考え直してくれたかい」

「考え直すもなにも、私ははじめから、みなさまのお仲間ですよ」

陰で二股膏薬とささやかれる三つ玉屋は、あわよくば仲間を抜けようとしていたことなど忘れたかのような、いけしゃあしゃあとした口ぶりである。

「にしても、団子の大食いくらべとは、愉快な余興じゃありませんか。きっとお客さまが大勢きてくださるでしょうから、屋台用の団子を多めにこしらえるよう、ウメ屋とタケ屋にも声をかけておきませんとね」

店構えこそ小さいものの、享保年間から三色の花見団子を商ってきた三つ玉屋は、枝分かれした分家の団子屋たちを、今も宗家として束ねている。

何はともあれ、これで元どおり十軒の店がそろうことになりそうだと、店を出た弥次郎が安堵の声をもらす。

「おけいさんが大食いくらべを思いついてくれたお蔭だよ」

役に立てたのなら嬉しいが、まだ安心するには早かった。次は大食いくらべに参戦してくれる猛者をつのらねばならない。それも十五日の本番に間に合うよう大急ぎで。

「やってやるさ。なにがなんでも間に合わせる」

己を奮い立たせるように、弥次郎が語気を強めた。

本当なら祭りの宣伝を兼ね、江戸中に刷りものをばらまいて、参加者をつのりたいところだ。しかし残された日数が少ない今となっては、自分たちの知り合いや縁故の助けを借りるしかない。すでに各店が手分けして、大食い自慢を探しはじめているという。

「わたしも、明日、知り合いに当たってみます」

「よろしく頼むよ。オレはこれからもうひと巡りしてみる」

弥次郎は今夜のうちに、永代寺門前町の羽斗屋と、霊巌寺前の浮橋屋に声をかけるつもりでいる。どちらも深川にこの店ありと知られた名店で、長年にわたって団子屋仲間の総代を交互に務めてきた重鎮らしい。

「二軒とも、祭りに関わる気はさらさらないなんて突っぱねたけど、大食いくらべの話を聞けば、考えが変わるかもしれないだろう」

どちらか一軒だけでも屋台を出してくれれば、あとに続く店が増えることは確実で、たとえ今年は無理でも、来年へつながるはずだという。

お調子者で抜けた一面もある弥次郎だが、毎日の商いが終わってから、夜遅くまで走りまわっている。その姿を見ているおけいも、祭りを立派にやり遂げたい気分になっていた。

「ここで結構です。わざわざ送ってくださって、ありがとうございました」

橋を渡りきった両国広小路で、礼を言って提灯を受け取る。

「気をつけて帰ってくれ。毎日遠いところを通わせて悪いな」

「弥次郎さんこそ、お疲れが出ませんように」

ねぎらいの言葉を最後まで聞くことなく、男は踵を返して走り去ってしまった。

すでに日はとっぷりと暮れている。

空にぶら下がる細めの月を見上げながら、おけいも下谷への帰路についた。

◘

今年の桜は咲くのも散るのも早かった。花見の名所をはじめ深川の霊巌寺や富岡八幡宮あたりでも、すでに青々とした葉桜ばかりである。

三月八日の午後、おけいは〈とりの子屋〉を訪ねてみることにした。

ようやく悪阻がおさまってきたおなつに淡路屋の作業場を任せ、久しぶりで神田須田町の市場へ行くと、店先から懐かしい声が聞こえてきた。

「おや、若旦那。おけいさんがきてくれましたよ」

店先にいたおヨネ婆さんが、どんぶり鉢を抱えた大柄な若者を肘で突いている。

「こんにちは。今日は獅子丸さんに用があってまいりました」

「少し待ってくれるかい。先にこいつを泡立てるから」

獅子丸は見慣れない道具を手にしていた。抹茶を点てるときに使う茶筅の親玉みたいなもので、それで生たまごをかきまぜると、みるみる真っ白い泡が盛り上がってゆく。

もとは菜箸を束ねて使っていたのだが、重くて手が疲れるうえに時間もかかるので、自分が手伝えないときでもおヨネひとりで楽に泡立てができるよう、竹細工屋に専用の道具を作らせたらしい。

「ほうら、もういい感じになってきたぞ」

あとは焼くばかりとなったたまごをおヨネに渡し、帳場の奥に声をかける。

「お父つぁん、おけいさんです」

「おお、よくきたな。上がりなさい」

店座敷にかしこまったおけいは、深川で開催される団子祭りの余興として大食いくらべ

が行われることを、店主の仁蔵とその義理の息子に伝えた。

「少しずつですが、大食い自慢の人たちが集まりつつあります。でも……」

はたしてどの程度の団子を食べてくれるのか、肝心なところが曖昧だった。どこにでも

いる食いしん坊と変わらない本数では、せっかくの余興がしらけてしまう。

そこで、獅子丸にも参戦してもらえないかと、おけいは床に両手をついて頼んだ。

「そもそもわたしが大食いくらべを思いついたのは、初めてお会いした日に獅子丸さんが

口にされた言葉を思い出したからなんです」

すべてはそのひと言からはじまったと言っても過言ではない。だからどうしても獅子丸に参戦してもらいたいと詰め寄られて、当人がきょとんと目を見張る。

「あのとき、何て言ったっけ？」

「おれは団子だったら何本でも食える――」

つい声色まで真似てしまったおけいの言葉に、仁蔵が笑いをはじけさせた。

「わっはっは、そいつはいい！」

若いころから鬼に喩えられるほど強面を貫いてきた男は、その豪快な笑い声に奉公人たちが仰天するのもかまわず、ひとしきり大笑したあとで言った。

「せっかくのご指名だ。おまえ、やる気はあるのか」

「えっ、いいんですか、お父つぁん」

獅子丸が身を乗り出した。大好きな団子が好きなだけ食えると聞いたときから、出てみたくてたまらなかったのだ。

じつは店主の仁蔵の側にも、獅子丸を参戦させたいわけがあった。

一緒に外を歩いていると、ついこのあいだまで貧しいたまご売りだった若者を見つけて、『おい、らほち』と声をかけてくる人々がいる。妬みや嫉みの気持ちでそうする者もいるだろうが、らほちが名を改めたことを知らないだけの町衆がほとんどである。

「いい機会だ。思い切り食ってやれ」

大勢の見物人の前で、〈とりの子屋〉の若旦那・獅子丸として顔を売ってこいと言われ、螺髪頭の若者が胸を叩いた。

「任せてください。ほかの誰よりも団子を食ってみせますよ」


障子を開け放した離れの作業場で、とさか太夫が目を見張っていた。

大食いくらべに獅子丸が参戦することを、おけいから聞いたばかりである。

「なるほど、そういうことでしたか。仁蔵の笑い声が聞こえたので、よほど面白いことがあったのだろうと思っていたのですが……」

あれにはおけいも驚いた。根は親切な人だと知ってはいても、厳めしい顔をした店主が、あたり憚らず大笑するとは思わなかったのだ。

「そうでしょうね。なにしろ〈鬼の仁蔵〉と呼ばれて世間を渡ってきた人ですから」

今もその看板を大切にして、人前では怖い顔を作っているが、ああ見えて冗談も通じるし決して朴念仁ではない。とくに近ごろは、以前にくらべて眉間の縦ジワが減った。きっと跡取りができたことで気持ちが穏やかになったのだろう。そろそろ鬼の看板を下ろす日が近いのかもしれないと、妻として十年連れ添った太夫が明かした。

「いわゆる義理の間柄ですけど、仁蔵と獅子丸は不思議と馬が合うのです」

いつも夕餉のあとは、遅くまで店の商いについて話し合っている。ありがたいことだと言いながら、とさか太夫の顔に一抹の寂しさが過ぎるのを、おけいは見逃さなかった。

「獅子丸さんは、あまり太夫とお話しにならないのですか」

「そう、ですね……」

二十年ぶりに再会を果たした実の息子は、毎日欠かさず離れをのぞいて挨拶だけはするものの、落ち着いて話をするには至らないらしい。

「あの子も今は店の仕事を覚えるだけで精一杯。それに、やっぱり男ですからね。母親と何を話せばいいのか、よくわからないのでしょう」

たまご問屋の跡取りとしては申し分ない獅子丸も、とさか太夫が得意とする能楽や芝居、張り子の面作りには、さして関心がないようだ。

「それでは、一緒に夕方のお散歩へ出かける約束は……」

「散歩はしています。じつはね、おけいさん」

気を取りなおしたように太夫が目を輝かせた。なんと獅子丸とではなく、女中見習いのおひなと市場のまわりを歩いているらしい。

「えっ、おひなさんと？」

頑なに素性を明かそうとしない女の児のことを、かねてから太夫も気にかけていた。そこで散歩のお供として連れ出してみようと思いついたのだ。

「相変わらず、何を問いかけても『はい』と『いいえ』しか返ってきませんが、あれは無口というより、人と話すことを自分に禁じているように見受けられます」

短い散歩の途中でも、言葉が喉（のど）もとまでせり上がってきて、それを無理やり飲み下していると感じることがあるという。

おけいも以前、同じような感じを抱いた覚えがある。

これから少しだけでもおひなと話したいと思ったが、あいにく女中と遠方へ使いに出かけていて、今日はもう会えそうになかった。

早くも夕暮れの気配が、武家地と町人地とを隔てる閑静な裏通りに漂っていた。

町人地側の道端には、幅の狭い水路が流れ、小さな橋がかかっている。

その小橋の向こう側で、水路と黒塀の隙間から生えた柳の木が風も吹かないのに枝葉を揺らすさまを見て、とさか太夫がほう、と深いため息をついた。

「お疲れになりましたか」

「まさか。須田町からここまで五町たらず（約五百メートル）ですよ」

そんな近場にありながら、太夫が一度も紺屋町の〈くら姫〉を見たことがないと知ったおけいは、これから散歩に出かけてみようと誘ったのである。

「風情（ふぜい）のある黒塀ですね。小さな扉の向こう側がお蔵茶屋ですか」

「はい。くぐり戸から入って庭を抜けた先に、真っ白な蔵があります」

本当は中で茶を飲んでもらいたかったが、今日は店じまいの時刻が迫っている。それより何より、まだ太夫が人前で素顔を晒すことに慣れていなかった。

「こんな意気地なしの自分に、つくづく嫌気がさします」

お面代わりにかぶった頭巾の端を、さも憎らしそうに前歯で噛んでみせる。そんな太夫を励ましながら小橋の前を過ぎようとして、ふと、おけいは足を止めた。

柳の木のうしろで身をひそめる人影に、今ようやく気づいたのだ。

（あれは、依田さま？）

こんもり垂れ下がった枝葉でも隠しきれない図体と、帯のうしろに裾を挟んだ黒羽織は、定町廻り同心の依田丑之助である。

「おけいさん、どうかしましたか」

「何でもございません。そろそろお店に引き返しましょう」

御用の筋の張り込みだと察しをつけ、いったん素知らぬふりでその場を離れたものの、あとからじわじわ心配になった。もし茶を飲んでいる客の中に怪しい者が紛れ込んでいるとしたら、お妙や仙太郎は大丈夫だろうか……。

そこでとさか太夫を店まで送り届けたあと、一目散に紺屋町へ取って返すと、お蔵茶屋の近くで客待ちをしている町駕籠のうしろへ身を隠した。

丑之助はさっきと同じ柳の陰に立っている。

やがて暮れ六つの鐘が鳴りはじめ、くぐり戸から出てきた頬に火傷痕のある男を見て、おけいは思わず声を上げそうになった。

（権兵衛さんだ！）

驚くのはまだ早かった。続いてくぐり戸から現れ、権兵衛に手を引かれて小橋を渡ろうとしているのは、なんと、えびす堂のカメではないか。

（どうして、あの二人が——）

連れだってお蔵茶屋から出てくるのか、おけいはわけがわからなかった。

笹屋の権兵衛とえびす堂のツルは幼馴染みで、ツルの双子の妹がカメだ。つまり子供のころから互いを知っている権兵衛とカメが〈くら姫〉で仲よく茶を飲んでもおかしくはない。しかしながら、もう一人の幼馴染みである依田丑之助が、数年越しでカメを妻に迎えたいと望んでいることも、まわりは承知しているわけで……。

もういけない。頭の中がこんがらがってしまいそうだ。

見るからに仲睦（なかむつ）まじい様子のふたりが立ち去ったあと、丑之助が柳の枝をかき分けるように出てきた。御用ではなく、権兵衛とカメを見張っていたものと思われる。

おけいに見られているとは知らず、ふたつ並んだ男女の影が横丁を曲がってしまうのを見届けて、自分は反対の方向へ歩きだす。

長くて深い男のため息が、駕籠のうしろで身を屈めかがめる娘の耳まで届いた。

「ははぁ、さては事情が聞きたくて、うちに寄ったんだな」

えびす堂の店先で、若旦那のツルが目を細めておけいをからかった。

味噌煎餅を買いにきた体ていをよそおい、権兵衛とカメの仲について探ろうとした魂胆は、あっさり見透かされてしまったようだ。

先に帰宅していたカメは、おけいと入れ違いで湯屋へ行った。その隙に、お蔵茶屋の前で目にした光景に得心がいかないことを明かすと、ツルは正直に答えてくれた。

「ここしばらく妹が働き詰めだったのを、権さんは知っていたからな。たまにはいい思いもさせてやりたいって、お蔵茶屋に連れ出してくれたんだ」

「そうだったのですね」

ひねくれた物言いとは裏腹に、権兵衛は気づかいのある男だ。幼馴染みであり、親友でもあるツルの妹を、普段から心にかけているのだろう。

心配するまでもなかったと、胸をなでおろそうとしたおけいに、ツルが聞き捨てならないことを打ち明けた。

「じつは権さんが、妹をもらってくれることになった」

このまま丑之助との縁談が進まないようなら、いっそ自分の嫁としてカメを迎えたいと、仲人を介した申し込みがあったという。

双子の兄妹よりひとつ年上の権兵衛は、二十五歳にして独り身である。本来なら笹屋の跡取りとして、とうに身をかためているべき歳だが、いつもの斜にかまえた憎らしい態度が災いし、良縁から遠ざかっていたのだった。

「その点、うちのカメなら、権さんの優しいところも知っている。案外いい夫婦になるんじゃないかって、双方の親もその気になっているのさ」

「で、でも、そんなこと、依田さまが納得なさるはずがありません！」

おけいは悲鳴に近い声を上げた。

面倒を先送りにして逃げているようでも、心の中で誰よりカメを大切に思っていることは、ひそかに丑之助を慕う身なればこそわかる。しかし──。

「納得もなにも、丑之助のやつ、真っ当な申し込みすらしてこないんだぞ！」

温厚なツルが珍しく語気を荒らげた。

「いくら武家の家柄だって、口約束だけで五年も六年も待たされては、妹もたまったもんじゃない。あの、牛のヨダレ野郎……」

牛のヨダレがだらだら長く続くというのは、どこかで聞いた言いまわしだ。

とはいえ、焦らず一歩、また一歩と着実に前へ進むのが、定町廻り同心・依田丑之助の流儀でもある。仕事と恋の道は別ものと言ってしまえばそれまでだが、これまで長い目で見守ってくれていたえびす堂の店主夫婦も、ツルの縁談が一足飛びに進んだことを機に、カメの縁組も考え直そうと思ったのだろうか。

「依田さまは、もうこのことをご存じなのですか」

知っているはずだ、と、粗熱のとれた煎餅を袋に詰めながらツルが言った。

「ああ見えて、権さんは手まわしがいいからな。ありのままを文に書いて、八丁堀の役宅へ届けると言っていた」

文を読んだ丑之助が、裏切りとも受け取れる幼馴染みの仕打ちに愕然としたことは想像に難くない。きっとにわかには信じられず、忙しいお役目の合間を縫って、権兵衛とカメの様子をのぞき見していたのだ。

仲よくお蔵茶屋から出てくるところを見せつけられた男を気の毒に思う一方、おけいの心にも別の気持ちが頭をもたげた。もし、カメが笹屋へ嫁ぐことになったら、丑之助はどうするだろう。いさぎよくあきらめて母親の目にかなう嫁をもらうのか、あるいは……。

「そら、こいつを持って帰りな。もう寄り道するんじゃないぞ」

「ありがとうございます」

多めの煎餅を入れてくれたツルに、おけいは礼を言って帰路についた。

明神下から黒門前を抜け、下谷の寺町を目指して道を急ぐ。

ひとりで夕闇の中を歩いていると、心の奥に隠れていたもう一人の自分が、次から次へ都合のよい言葉をささやきかけてくる。

（相手が権兵衛さんでも、カメさんが幸せならいいじゃないの）

（そしたら依田さまだって、別の娘に目を向けるわ）

（わたしのほうを見てくださるかも――）

だめだ。違う。勘違いをしてはいけないと、立ち止まって天を仰ぐ。

たとえ丑之助が永遠にカメを失ったとしても、自分は取って代われない。それは八日の夜空に浮かぶ月が半分欠けているのと同じくらい、当たり前のことなのだ。

今はまだ断ち切れない思いを抱えたまま、おけいは次の一歩を踏み出した。

◉

三月十五日は絶好の祭り日和となった。

思っていたより客の数が増えそうだということで、おけいも再び淡路屋の助っ人として駆けつけていた。

「すみませんねぇ、すっかりアテにしちまって」

「いいえ。わたしで間に合うことでしたら、遠慮なくおっしゃってください」

悪阻（つわり）がおさまったおなつと、今日だけえびす堂を休んで実家を手伝うことになった妹のお久美が、店の奥で〈にぎり団子〉の下拵（したごしら）えをしている。串に刺した団子に焼き目をつけるのは、先に会場入りして屋台の支度をしている弥次郎の仕事だ。おけいは店と屋台とを往復し、串打ちを終えた団子を運んでいた。

「人が集まりはじめていますね。まだ七つ（午後四時ごろ）ですよ」

祭りの開始は日が暮れてからだというのに、団子の箱を抱えて霊巌寺の境内に設けられた会場に入るたび、見物客と思われる人の数が増えている。

「そうだな。きてくれるのはありがたいが……」

屋台に七輪を据えて炭火を熾（おこ）している弥次郎も、不安そうにあたりを見まわした。いったいどの程度の客が集まるのか、どれだけの団子が入り用なのか、すべて初めてのことで予測が立たないのである。

せめてもの救いは、屋台の数が増えたことだった。当初は十軒で推し進めていた団子祭りも、なるべく多くの店に参加してもらえるよう粘り強く説得した甲斐（かい）あって、最後まで迷っていた四人の店主が仲間に加わると言ってくれた。やはり決め手は、団子の大食いくらべだったようだ。

もはや付け足しの余興ではなく、団子祭りの目玉となった大食いくらべは、都合十四軒の店主たちの手で着々と準備が進められていた。

「おーい、弥次さーん。こっちに手を貸してくれぇ」

飛騨屋の長助が、境内の奥で呼んでいる。

「ちょっと行ってくる。おけいさん、火の番を頼むよ」

数人がかりで作業している仲間たちのもとへ弥次郎が駆けだす。

余興の舞台となるのは、平坦な霊巌寺の中で最も見晴らしがよい盛土の丘だった。遠くからでも大食いの様子が見えるよう、境内を歩きまわって選んだ場所だ。

その舞台のうしろ正面に、芝居小屋などで見かける看板が、十枚並べて立てられようとしている。大食いくらべに参戦する猛者たちの名前を書いた招き看板である。

向かって右端に、一番に名乗りを上げた兼輔（かねすけ）という渡り中間（ちゅうげん）の看板があり、その隣には、もと相撲取りの赤城山（あかぎやま）の名が見える。三番目はしおりという優しげな女の名前で、その次に〈とりの子屋〉の獅子丸の看板も上がった。十枚並んだ看板の最後を締めくくるのは、廻船（かいせん）問屋で働いている清吉（せいきち）という荷揚げ人足だ。

「これで格好がついた。ご褒美の品もぎりぎり間に合ってよかったよ」

屋台に戻ってきた弥次郎が、ほっとした顔で額の汗をぬぐった。

大食いくらべに参戦する者からは、前もって百五十文の銭を受け取っている。面白半分に団子を食い散らかされることのないよう、高い銭を払ってでも本気で大食いを競いたいと望む者だけに絞ったのだが、その代わりとして、最もたくさんの団子を食べた者には、特注の法被（はっぴ）を贈呈することになっていた。

「銭を取るからには、それくらい奮発しないとな。よし、そろそろ焼くか」

ねじり鉢巻きで気合を入れた弥次郎が、三台並んだ七輪の上に団子の串をのせた。強い炭火であぶり、ほどよく焦げ目をつけた団子を味噌ダレにくぐらせて、次々と大皿に積み上げてゆく。

淡路屋だけでない。境内を取り囲むほかの屋台からも団子を焼く香ばしい匂いが漂いはじめると、それまで遠巻きに歩いているだけだった客たちが、こぞって目当ての屋台の前に群がった。

「にぎり団子を一本くれ」

「おれは二本だ」

「すいません。まだ祭りがはじまっておりませんので――」

匂いだけ嗅がせておあずけか。むごいことを言うな。そこに団子があるじゃないか――。口々に文句を言って詰め寄る客を相手に、弥次郎が難儀している。見かねたおけいは、屋台の前に飛び出して頭を下げた。

「お団子は祭りがはじまってから売ることになっております。申し訳ございませんが、もうしばらくお待ちください」

童女のような蝶々髷(ちょうちょうまげ)を結った巫女に謝られ、団子一本で騒ぐのはみっともないと気づいた男たちが、決まり悪そうにうしろへ下がってゆく。

だが、客が落ち着いたのも束の間(つかま)、日暮れが近づいて人の数が増えるたび、早く団子をよこせと騒ぎだす。いっそ祭りの開始を早めようかと相談する店主たちの前に、黒羽織をつけた壮齢の男が現れた。

「お取り込み中ごめんやす。大した盛況ぶりやないか」

「──浮橋屋の旦那」

霊巌寺山門前に店を構える浮橋屋は、深川団子屋仲間の総代を務める重鎮である。今回の祭りに参加していないが、店が会場のすぐ近くにあることから、冷やかしがてら様子を見にきたらしい。

「さっきからお客さんと揉めとるようやが、大事はないやろうな」

はんなりとした京言葉をつかう店主が声を低めた。

たとえ歳若い店主たちが勝手にはじめたことでも、万が一、祭りで怪我人や死人が出るような事態となれば、お上から責任を問われるのは仲間の筆頭たる浮橋屋なのだ。

「ご心配なく。客の入りが思ったよりもいいだけですよ」

もうじき地元の岡っ引きたちがきて、場内を見まわる手はずになっている。抜かりはないと応える弥次郎の口調には、明らかな怒りが込められていた。

宇治に本店を置く浮橋屋の茶団子は、大名家の用人が買いに来るほどの銘菓である。これをぜひとも祭りの屋台に加えたくて、何度も店主に頭を下げて頼んだのだが、その都度けんもほろろに追い返されてしまったことを恨めしく思っているのだ。

そんな弥次郎の心の内を知ってか知らずか、浮橋屋が辺りを見まわした。

「ならええのやが、この調子で人がどんどん増えてしもうたら、あんたらの考えも及ばんことが起こりそうな気がしてなぁ……」

まあ、せいぜいお気張りやす、と言い残して、老舗の店主は引き上げていった。


深川の団子祭りは、定刻どおり暮れ六つに幕が上がった。

霊巌寺の住職が鐘をつくと同時に、待ちかねていた人々が、お目当ての屋台を目指していっせいに走りだす。

「どけどけぇ、団子だ、団子だぁ！」

「急がねぇと無くなるぞぉ」

どの屋台の前にもあっという間に人だかりができて、押すな押すなの大賑(おおにぎ)わいである。

そのうち気持ちが高ぶるのか、男衆が大声にわめきたてたり、若い娘たちが意味もなく悲鳴を上げたりして、会場全体が荒々しい雰囲気に包まれた。

店主たちは屋台に群がる客をさばくのに追われ、そこかしこで起こる小競り合いを止めに行く余裕がない。弥次郎を手伝うおけいも、団子を売るだけで精一杯だ。

このまま乱闘がはじまるのではないかと危ぶまれたとき、深川一帯を取り仕切る岡っ引きの大親分が、手下を率いて駆けつけてくれた。

「おいっ、そこの若いの。列に割り込むんじゃない」

「大人が恥ずかしい真似をするな。見ろ、子供でも並んでいるだろう」

順番を守らない横着者を叱ったり、小突き合う客気の徒を引き離したりするうち、徐々に会場全体が落ち着いてゆく。

やがて、辺りが暗くなり、境内に吊り下げられた提灯や石灯籠に明かりが灯った。

そのころには大方の客に団子が行き渡って、腹も心も満たされた人々が、華やいだ顔で祭りを楽しむようになっていた。

「この三色の花見団子を持って歩いたら、可愛らしく見えるでしょう」

「わたしはみたらしが好き。ああでも、笹団子も美味しそうね」

「あんたってば、花より団子なんだ」

おめかしをした娘らが、きゃっきゃとはしゃぎながら通り過ぎる。その姿を横目に、おけいは手を休める暇もなく、長い列をなしている客に団子を売り続けた。

早や時刻は六つ半（午後七時ごろ）を過ぎようとしていた。そろそろ大食いくらべの段取りに移らなくてはならないが、最後の下拵えに手間取っているのか、おなつもお久美も会場に来るのが遅れている。

どうしたのかと心配しているところへ、おなつが大きな箱を担いで到着した。お久美は急ぎの知らせがあって、知り合いのもとへすっ飛んでいったという。

「わかった。団子はこれで全部だな。オレは余興に出す分を焼きにかかるから」

「あいよ、あとは任せとくれ」

裏へまわった亭主に代わり、おなつが屋台に立って団子を焼いた。もとより淡路屋で生まれた娘である。婿の弥次郎に負けない手際のよさで、美味そうな焼き色をつけてゆく。

そこへ、明神下の商いを終えたえびす堂のツルとカメが手伝いに駆けつけた。

「ご兄妹できてくれたんですか。なんてありがたい……」

親類縁者のいないおなつが声を詰まらせる。

「遅くなってすみません。まだ手伝えることがあれば言ってください」

ツルたちが加わったことで手を休める余裕ができたおけいは、今からでも屋台めぐりを楽しむよう勧められ、持ち場を離れることにした。

会場は相変わらずの賑わいぶりで、どの屋台の前にも人が群がっている。

さっきお洒落な娘たちが買っていた三つ玉屋の団子を、自分も手に持って歩きたかったが、三色の花見団子は女や子供に人気があり、とうに品切れとなっていた。名前が面白い仰天堂のびっくり団子も、列に並んでいるあいだに売り切れた。

会場をひとまわりするうち、どの屋台にも次々と『売り切れ』を意味する白旗が掲げられてゆき、最後の望みをかけて並んだみたらし団子も目の前で完売となった。

結局、おけいは団子を食べ損ねてしまった。少し残念な気もするが、すべての屋台が売り切れたのだから結構なことだ。

潔くあきらめ、白旗がなびく淡路屋の屋台へ戻ろうとする肩を、ポンとうしろから叩く者がある。誰かと思って振り向くと、二人連れの男の児が立っていた。ひとりは目を見張るほどの美顔、もう一方は丸顔につぶらな瞳をしている。

「まあ、光太郎さん。逸平さんも。一緒にお祭り見物ですか」

去年の夏に手習い処で知り合った光太郎が、目映いばかりの笑顔で応じた。

「ご無沙汰しておりました、おけいさん。お元気そうで何よりです。相変わらず巫女さんの衣がよくお似合いですよ」

「光太郎さんも、お変わりありませんね」

十歳の子供のお上手に、おけいは苦笑するしかなかった。

太物問屋・平野屋の跡取り息子である光太郎は、顔かたちが美しいだけでなく、たとえ相手が若かろうと年寄りだろうと、女と名のつく者を褒めずにはいられない性分で、幼少のころから〈今光源氏〉の通り名で知られている。

「あの……おけいさんは、もしや祭りの助っ人で？」

「はい、逸平さん。今夜は屋台の手伝いです」

恥ずかしがりの逸平は、建具を扱う相模屋の三男坊である。光太郎の隣にいると霞んでしまうが、中身は十一歳と思えないほど物知りで頼りになる存在だ。

見た目と気性は正反対でも、二人の男の児はどちらも秀才で、三河町の〈鵬塾〉という私塾に通っている。驚いたことに、今夜は鵬塾を主宰する学者の林玄峯が、教え子たちと祭りの会場にきているのだという。

「ほら、あすこにいるのが、うちの先生です」

光太郎が示す先を見て、おけいは我が目を疑った。

才能と向学心がある子供なら、出自を問わず学問を授ける高邁な人物と聞いていたが、松の木に登って会場を見物しているのは、思い描いていた学者と大きく違った。

まず身なりがひどく風変わりである。袴の上に見慣れない筒袖の上着を羽織り、頭には布製の兜のようなものをのせている。細かい顔の造作までは見えないが、縁の黒い眼鏡を紐で結わえつけていることだけはわかる。

「団子祭りの大食いくらべを見に行こうと、昼休みに逸平さんと話していたんです。それを玄峯先生が耳にされて」

面白そうなので、自分も一緒に行くと言いだしたらしい。

「先生は、よほどお団子がお好きなのですね」

勝手に納得しようとするおけいに、違う、違う、と男の児らが手を横に振って笑った。

林玄峯が興味を持ったのは団子そのものではない。人の胃の腑がどれほどの暴食に耐え得るものか、間近に見届けたいのだという。どうやら学者というのは、しかめ面で漢籍をにらんでいる堅物だけではないようだ。

「余興をご覧になるのでしたら、もう会場へ行ったほうがいいですよ」

おけいは目印の招き看板を指さして言った。

大食いくらべを待っているのは林玄峯だけではない。前代未聞の勝負を見てやろうと、屋台の団子が売り切れたあとも、客のほとんどが帰宅せずに残っている。舞台は丘の上にあるとはいえ、後方からではよく見えないだろう。

「わかりました。ありがとうございます」

玄峯を連れてすぐに行くという男の児らと別れ、おけいはひと足先に舞台の前へ行ってみた。すでに周囲には縄が張られて、関係のない者は出入りができない。

今夜の主役たちの名が書かれた看板の前には、それぞれに机と床几が用意されている。舞台の両脇に設けられた楽屋に入った団子屋たちも、準備万端整えて、そのときが来るのを待っているはずだった。

ところがどうしたことか。飛騨屋の長助をはじめ、余興の支度に当たっていた店主たちが困り顔で立ち尽くしている。その脇で泣いているのは淡路屋の妹娘ではないか。

「ど、どうしたのですか、お久美さん！」

「ああ、おけいさん。わたし、わたし大変なことを……」

婚約者のツルとその妹のカメになぐさめられながら、お久美は涙に濡れる顔を上げた。

「今になって、しおりちゃんが来られなくなって」

「しおり――」

それは三番目の看板に書かれている名前だった。

お久美と仲よしの幼馴染みだというしおりは、深川の貸本屋の娘である。昔から食べることが大好きで、屋台の蕎麦を五杯も六杯も平らげる娘だったことから、大食いくらべの話が持ち上がったとき、お久美は迷いなくしおりに声をかけたのだ。

「しおりちゃんは、その場で『出る』と言ってくれました。でも、親には内緒にしてほしいって頼まれて、ずっと黙っていたんです」

ところが今日になって、招き看板にしおりの名が書かれているのを知人が見たことで、内緒ごとが露見した。寝耳に水の貸本屋夫婦は激怒し、年ごろの娘が大食いなどもってのほかだと、祭りに行くことすら禁じて、しおりを閉じ込めてしまったという。

しかも悪いことに、参戦できなくなったのは一人だけではなかった。

「続けて知らせがあった。荷揚げ人足の清吉も、腹下しで出られないそうだ」

祭りの実務を一手に担う飛騨屋の長助は、自分まで腹を下したかのような顔色だった。げっそりするのも無理からぬことで、このひと月というもの、コツコツ組み上げてきた段取りが土壇場になって狂ったのである。

「まあまあ、飛騨屋さん。そんな気落ちなさらずとも、余興は残りの八人で盛り上げてもらえばいいだけのことですよ」

「そりゃそうだけど」

重い雰囲気を変えようとする三つ玉屋の明るい声にも、長助の渋面は晴れなかった。

十人の猛者が集まって団子の大食いを競うことは、すでに読売(よみうり)などで広く知れ渡っている。勝負をはじめる前から頭数が減ったとあっては格好がつかないというのだ。

どうしたものかと一同が顔を見合わせたとき、楽屋の仕切り板をくぐり抜けて、笹屋の権兵衛が駆けよった。

「おいおい、どうしたツル。お久美ちゃんに、ちっちゃいのも。せっかく手伝いにきてやったってのに、そろいもそろって通夜みたいな顔しやがって」

「権さんか。じつは……」

参戦するはずの者が二人出られないと聞いて、いとも簡単に権兵衛が言った。

「そんなの、誰かが代役を務めればいいだけじゃねえか。たとえばツル、おまえが代わりに出て、お久美にいいところを見せてやれよ」

などと、あながち冗談でもなさそうにけしかける。

「よしてくれ。参戦するのは名うての大食い自慢ばかりだ。そもそも俺が大して食わないことくらい権さんだって――」

知っているだろうと言いかけて、ツルが何かを思いついたように手を打った。

「そうだ。権さんが出ればいいんだ。俺の何倍も食うんだし、いつぞやの正月のことは、今も忘れちゃいないぞ」

それは七年前というから、まだツルと権兵衛と丑之助が、剣術道場に通っていたころの話である。同門の米問屋の息子の家に招かれたことがあり、酒が入って上機嫌の店主が、誰が一番雑煮を食うかを競わせたのだという。

「たしか丑之助が十杯。権さんが十一杯の雑煮を腹に入れて、米問屋の親父さんから、たんまり年玉をもらったんだ」

今も団子の十本や二十本は軽くいけるだろう、本気を出せば上位を狙えるかもしれない、などと盛り上がるツルの向こうずねを、権兵衛が乱暴に蹴り飛ばす。

「なに一人ではしゃいでやがる。タダならともかく、百五十文も銭を取るくせに」

「あ、あの……タダなら、出てもいいのですか」

弱々しい声に振り返ると、お久美が赤く泣きはらした目で権兵衛を見ていた。

「もし、参戦していただけるのでしたら、百五十文はわたしが払います」

しおりの抜けた穴を埋めてもらえるのなら、こっそり家に隠してある銭を、参加代として使ってもよいという。

「その百五十文というのは、もしや――」

口を衝きそうになったおけいに、お久美が目配せをする。やはり出直し神社で授かったたね銭を、ここで使ってしまうつもりなのだ。

「お願いします、権兵衛さん」

弥次郎たちが発起人となって知恵を絞り、首尾よくいけば来年、再来年も続けようとしている深川団子祭りに、初っ端からミソをつけたくはない。無理を承知でお願いしたいと頭を下げる娘を前に、権兵衛は否も応も言えずにいる。

おけいには、権兵衛がためらう理由がわかっていた。希代のひねくれ者で、何かにつけて斜にかまえてみせる権兵衛だが、本当は人前で恥をかくことを必要以上に恐れる気の弱さを隠し持っている。その欠点をうしろ戸の婆に言い当てられ、人目を気にせず挑戦することを学んだはずだったが……。

「いいじゃないか。出てやってくれよ、権さん」

いきなり頭上から降ってきた声に、おけいは首をのけ反らせて上を見た。

「あっ、依田さま！」

いつからそこにいたものか、定町廻り同心の依田丑之助が進み出て、弥次郎をはじめとする店主たちに言った。

「権さんが大食いくらべに出るのなら、俺も一緒に参戦を申し込みたい」

ええっ、と、権兵衛はもちろん、丑之助をよく知る一同が声をそろえて驚いた。本物の牛のようにおっとりして、目立つことや勝負事とは無縁に思われる男が、なぜ祭りの大食いくらべなどに出ようとするのか。

そこで丑之助がはっきりと、自分の意図を権兵衛に明かした。

「もし、俺が大食いくらべで、権さんよりひと口でも多く団子を食ったら、カメのことはあきらめてもらえないか」

「ふん。おれに身を引けということか」

無言でうなずく大柄な同心を、にらむように権兵衛が見上げる。

「たとえおれとの勝負に勝ったとしても、またお袋さんに遠慮して、カメをうっちゃっておくつもりじゃなかろうな」

疑わしそうな権兵衛と、一歩下がって男たちのやりとりを見守っている美しい娘に、もうこれからは半端なままにしないと丑之助が明言した。

「今度こそ、母上にも納得していただく。カメを依田家に迎えると約束する」

「――いいだろう」

権兵衛がニヤリと唇の片端を上げる。

「この勝負、受けてやるよ」

団子屋の店主たちが、顔を見合わせてうなずきあった。思わぬ恋のさや当てがからんでしまったが、大食いくらべの人数がそろうなら文句はない。

「よし、いったん看板を下ろそう。急げ。もう時間がないぞ」

気を取りなおした弥次郎の指示で、招き看板が書き直されることになった。貸本屋のしおりの代わりに笹屋の権兵衛。続いて荷揚げ人足の清吉の代わりに依田丑之助の名を書こうとして、筆を執っていた飛騨屋の長助が手を止める。

「依田さま。奉行所のお役人が、祭りの余興に出たりして大丈夫ですかい」

いや、本名は勘弁してもらいたいと、丑之助が注文をつけた。

「名前と身分は適当に書いてくれ。おっと、この格好もいかんな」

ひと目で定町廻りと知れる姿のまま余興に出るのはまずいと気がついたようで、今から役宅へ着替えに戻るというのを、弥次郎たちが引きとめている。

「ダメです。八丁堀まで行って戻っていたんじゃ間に合いませんよ」

荒縄を張った向こう側には、もう観客がぎっしりとひしめいて、余興がはじまるのを今か今かと待っている。その中に、お馴染みの男の児たちと、風変わりな格好の学者先生がまじっているのを見つけたおけいは、ある妙案を思いついた。

「わたしに考えがあります。依田さま、ここで待っていてください」

◉

「手間取っちまって申し訳ねぇ。いよいよ大食いくらべのはじまりだぁ」

舞台の前に立った弥次郎が声を張り上げると、待ちかねていた見物人から、歓声と野次の入りまじった声が上がった。

「いよっ、待ってました！」

「能書きはいらねえ、早く団子を食ってみせろ！」

乱暴なご意見は聞こえないふりの弥次郎が、参戦する猛者たちを紹介する。

「まず一人目は、渡り中間の兼輔さん。見た目はひょろりと細っこいが、真っ先に申し込みにきてくれた威勢のいい兄さんだよぅ」

弥次郎の巧みな仕切りの声につられ、観客がわっと拍手をおくる。

「続いて二人目は上州の生まれ、もと相撲取りの赤城山ぁ」

縦にも横にも大きく、いかにもたくさん食いそうな男を見て、また観客がどっと沸く。

本当なら力士は参戦させないと決めていたのだが、赤城山は稽古中に膝を痛め、一度も本割の土俵に上がらないまま引退した。連れてきたのが三つ玉屋の店主だったことから、その顔を立てる意味合いもあって参戦が許されたのだった。

三番目の席でむっつりしているのは、お久美に頼まれて参戦を引き受けた笹屋の権兵衛だ。大食いの実力のほどはわからないが、カメを嫁にするためにも、なりふりかまわず団子を腹に詰め込むことだろう。

次に四人目として、お釈迦さまのような螺髪頭の若者が紹介されると、会場の一角から大きな声援が上がった。

「獅子丸さーん、がんばってー」

「若旦那ぁ。みんなここにいますよー」

番頭の三十治郎に率いられた〈とりの子屋〉の奉公人たちが、若旦那の獅子丸を応援しに駆けつけたのだ。

団子のお運びを任されているおけいは、舞台脇で思い切り背伸びをし、会場の応援団に目をこらした。獅子丸の実母のとさか太夫がいるかもしれないと思ったのだが、残念ながらそれらしい姿は見当たらない。女中見習いのおひなもいないようだ。

脇見をしているあいだにも、大食いたちの紹介は続いていた。

五人目は鋳掛屋。六人目は井戸掘り職人。七人目は木場の筏師で、八人目と九人目は、どちらも荷車を引く車力である。そして最後の十人目として、荷揚げ人足の清吉の代わりに名を叫ばれたのは――。

「さて、しんがりに控えし大男は、唐人飴売りの駱駝ノ介ぇ！」

観客の拍手を浴びて、阿蘭陀人の扮装をした男がおずおずと手を振った。

異国風の目立つ衣装をまとって飴を売り歩く者を、世間では〈唐人飴売り〉と呼んでいる。もちろん十人目の正体は、定町廻り同心の丑之助だ。

（申し訳ない気もするけど、あれなら依田さまだとわからないでしょう）

唐人飴売りの格好をさせたのはおけいだった。余興に出たことが上役に知れて叱られることのないよう、会場で教え子たちと見物していた林玄峯に事情を話し、上着と帽子を拝借したのである。

親切な玄峯は、長崎から取り寄せたという貴重な衣装をその場で脱いだばかりか、帽子だけでは心もとないと言って、愛用の眼鏡まで貸してくれた。

お蔭で分厚い眼鏡をかけた唐人飴売りの駱駝ノ介が、じつは南町奉行所の〈牛の旦那〉だと気づいた観客はいないようだ。

「ようし、最初の団子を運んでくれ」

弥次郎の指示で、それぞれの参戦者に割り振られたお運び娘が、団子の皿を席まで届ける。おけいも自分が受け持つことになった権兵衛の前に皿を置いた。

「全員に行きわたったな。いざ、大食いはじめっ！」

ドワーン、と、響き渡る銅鑼の音とともに、十人の男が目の前の皿へ手を伸ばした。

一皿に二本と定められた団子が、みるみる口の中へと消えてゆくのを見ながら、弥次郎が急いで説明を加える。

「いま食ってもらってるのは、甘じょっぱーいタレを、なめらかな生地の団子にからめた、菊川町・富屋のみたらし団子だよー」

覚え書きを読みあげているあいだにも、一皿目の団子を平らげる者が立て続けに現れて、慌ただしく次の皿が運ばれる。

「続く二皿目は、万年町・まねき堂のからみ団子だぁ」

　しっかりと硬めの生地に醬油を塗って焼いた、いわゆる辛口の団子は、甘味が苦手な人々から絶大な支持を得ている。本番直前に七輪にのせてあぶりなおしてあるので、醬油の焦げる香ばしい匂いが、会場にいる者の鼻をくすぐった。

（ああ、いい匂いだわ。たまらない）

　醬油団子が好きなおけいも、次の皿を運びながら鼻をひくひくさせた。

　ちなみに団子を供する順番は、店主たちが恨みっこなしのくじ引きで決めたものだ。

「早くも三皿目は、双紙本でお馴染みの黍団子ぉ」

　桃太郎が家来に与えた黍団子は、誰もが名前を知っていても、扱う店は意外に少ない。深川で買うことができるのも、元町・吉備津屋の一軒きりだという。

「うえっ、ごほっ、ごほっ」

　黍団子を口に入れた途端、権兵衛が激しく咳き込んだ。

「慌てないでください。まだ序盤ですから落ち着いて、ゆっくりと」

　介添え役を兼ねたおけいが、大きな湯飲みで茶を差し出す。

　小さめの団子を五個刺してあるので食べやすそうに見えるが、じつはたっぷりとまぶされたきな粉が喉に張りつき、かなりの難敵なのだ。

「おっと、きな粉に苦しむ者が続出するなか、赤城山と獅子丸のもとへ、四皿目のヨモギ団子が運ばれようとしているぞぉ」

弥次郎が伝える戦いの状況を聞いて、後方の観客席にいる〈とりの子屋〉の奉公人たちが『いいぞぉ若旦那ぁ』と声援をおくる。

ようやく黍団子を飲み下した権兵衛の席にも、おけいが走って四皿目を運んだ。猿江町・にしき堂のヨモギ団子は、蓬の風味と苦味が効いて、大人に人気の品である。喉ごしもよいらしく、あっという間に口の中へ消えた。

「五皿目はお待ちかね、女や子供に大人気の一品だよ。見た目もかわいい三つ玉屋の花見団子は、厳つい野郎が食べてもかわいいぞぉー」

笑いさざめく観客に見守られ、十人の男が三色の団子をもくもく食べる。おけいは食べ損ねてしまったが、桃色と白と薄緑色の花見団子は、見た目も華やかでいいものだ。

「さあ、全員が六皿目に取りかかった。どうだ、大食い野郎ども、飛驒屋名物の五平団子はうまいかぁー」

おおっ、と、十人の大食いたちが、団子を頰張りながら拳を天に突き上げる。

佐賀町の飛驒屋は、長助の祖父が飛驒国から出てきてはじめた店である。

平たい竹串に半搗きの飯を木の葉形にまとわせ、クルミ味噌を塗ってこんがりとあぶった看板商品を、当初は五平餅と称していた。それを長助の代で深川の団子仲間に加わる際、餅とまぎらわしいという理由で、五平団子に改めたらしい。

「こりゃ旨い。けど、でかいな」

「うーん、腹にたまる」

　左右の席からつぶやきがもれる。大きな五平団子を二串も食べると、普通はそれだけで腹が膨れてしまう。しかし勝負はまだ中盤に差しかかったばかりだ。

　続く七皿目は、北森下町・伊賀屋のへっぴり団子だった。名前から察しがつくように、生地に蒸かし芋をたっぷりとまぜた芋団子で、大きな二つの粒を太い串が貫いている。

「ほら権兵衛さん。二粒だけですから、これは楽ですよ」

　ところがその大ぶりな二粒がくせものだった。

「うう、喉につまる」

「団子というより、ほぼ芋だ……」

　なかなか胃の腑まで落ちていかない芋団子に、みな苦労している。茶で流し込めばいいのはわかっていても、茶腹になることを恐れて気安く飲めないのである。

「さあ、ここでまた赤城山と獅子丸が、先んじて芋団子をやっつけた。渡り中間の兼輔も食べ終わりそうだ。それに続くのが車力の善次と、鋳掛屋の鉄五郎――」

　弥次郎の実況が続くなか、ようやく芋団子を飲み込んだ権兵衛のもとへ次の団子を届ける途中、おけいはちらりと視線を走らせる。

（依田さま、頑張ってらっしゃる）

左端の席に座っている唐人飴売りが、芋団子の最後のひと口を頬張っていた。

折り返しを過ぎた八皿目は、伊勢崎町・ウメ屋のみたらし団子だった。一皿目もみたらしだったが、江戸全体から見ても、みたらしを売る店が図抜けて多いのだから仕方がない。

「九皿目は六間堀町・淡路屋のにぎり団子。店主の弥次郎とはオレのことだぁー」

誇らしげな雄叫びに、『いいぞ、淡路屋』『よっ、千両役者！』などと、大向こうの客から声がかかる。

小ぶりでつるりと喉ごしがよいにぎり団子を食べ終えた大食いたちの前に、十皿目として風変わりな団子が運ばれた。生地が笹の葉で包まれ、その隙間から太めの串が突き出た姿は、端午の節句で見かけるちまきのようにも見える。

富川町・彦山堂でも、平素はみたらし団子を売っていた。ところが、先に祭りへの参加を決めていた二軒がみたらしを出すと聞き、本来なら端午の節句にのみ売り出している上等のちまき団子を、店主が特別にこしらえたのだ。

「おいおい、高い団子だぜ、もうちっと味わって食ってやれよう」

何と言われようとも勝負がかかっている大食いたちは、美しく巻かれた笹の葉を乱暴に引きはがし、蒲の穂のかたちの団子をむさぼった。

十軒目の団子が登場した時点で、そろそろ大食いたちの食べる速さに差がつきはじめていた。先頭をゆく赤城山と獅子丸、渡り中間の兼輔、車力の善次などの前には次の十一皿目が運ばれていて、権兵衛や丑之助などは、ちまき団子を食している最中だ。もう一人の車力と井戸掘り職人はやや遅れをとり、まだ十皿目にたどり着いてもいない。

「ああーっ、こ、これは何としたことだ！」

突然、弥次郎が絶叫した。その顔が向いているのは右端の席である。ここまで絶好調だった渡り中間の兼輔が、十一皿目として運ばれてきた鮒屋(ふなや)の餡(あん)のせ団子を前にした途端、ぴたりと手を止めてしまったのだ。

（どうしたのかしら。まだまだ食べられそうな勢いだったのに……）

心配するおけいの耳に、何ごとかを弥次郎に告げる兼輔の声が聞こえてきた。どうやら団子の上にどっさりとのせられた甘い餡が苦手だったようで、右手をあげた本人が、客席に向けて敗北を告げた。

「降参だ。腹にはまだ余裕があるが、どうしても餡だけはいただけねぇ」

いさぎよく舞台から立ち去る渡り中間に、観客たちは惜しみない拍手をおくった。ただし餡を炊いて売るのが商売の権兵衛だけは、こっそり下を向いて舌打ちした。

「けっ、餡だけはいただけねえだと。ふざけやがって！」

ともあれ、上位は間違いなしと思われていた兼輔が抜けて、残り九人の形勢も明らかになりつつあった。重い餡をのせた鮒屋の団子をもろともしない赤城山と獅子丸、車力の善次らがますます勢いづくのと反対に、もとから遅れていた二人が苦しそうにしている。

「先行する三人は、十二皿目を食い終わりそうだぁ。深川元町・タケ屋のヨモギ団子は、小粒の生地にきな粉をまぶした、やさしい風味が人気の品だよぅ」

餡のせを食べ切った権兵衛のもとにも、おけいが走って十二皿目を運ぶ。喉にからみやすいきな粉だが、薄くまぶしてあるだけなので、むせる心配はない。

「おい、ちっちゃいの」

念のため、ほうじ茶をたっぷりと湯飲みに注ぐおけいに、もくもくとヨモギ団子を咀嚼しながら権兵衛が訊ねる。

「ほかの連中はどうだ。脱落しそうなやつはいるのか」

「さっきから車力の伊佐治さんが苦しそうにしています。あっ、井戸掘り職人の文太さんも手を止めました」

二人の前には、十一皿目が手つかずのまま置かれている。無理をして倒れてしまうのではないかと、おけいはヨモギのような顔色の二人を気づかった。

腹もちのいい分、団子は大量に食えない。それが一皿に二本、十四軒すべての品を食すとなれば、二十八本を腹におさめることになる。勝負とはいえ過酷なことだ。

「おおっと驚いた。赤城山と獅子丸が、ほぼ同時に十三皿目のびっくり団子を食べ終えてしまったぞ。まさにびっくりぎょうてーん！」

弥次郎の大声に、おけいと権兵衛がハッとして両隣の席を見た。右側で赤城山、左の席では獅子丸が、空になった皿を脇に重ねている。

永堀町（ながほりちょう）・仰天堂のびっくり団子は、本当に驚いてしまうほど大きい。深川の団子屋の中でも文句なしに一番の大きさで、三個刺しの白い団子の中に小豆（あずき）餡が仕込まれているのだが、二人の大食いは余裕綽々（しゃくしゃく）といった顔をしている。

権兵衛も負けん気をだして、おけいが運んできたびっくり団子に食らいつく。その両脇では、すでに赤城山と獅子丸が十四皿目に取りかかっていた。

「さて、どんじまいを務めるのは、西平野町（にしひらのちょう）・浜屋（はまや）のきざみ団子。これを見事に食い尽くしたあかつきには、最初に食ったみたらし団子に戻ってもらうよー」

醤油をつけて焼いた生地に、きざみ海苔（のり）を振りかけた団子を、先行の二人がほぼ同時に腹におさめた。勝負は二巡目に持ち越されたというわけだ。

「よーし、ついに二まわり目だ。お運びたちも忙しいが頑張ってくれよ」

ますます会場が盛り上がったところで、八番目の席に座っていた車力の伊佐治が、静かに右手をあげた。降参の合図である。

それを見て、井戸掘り職人の文太も手をあげた。二人とも、ずっしり重い餡のせ団子を食べ切って精魂が尽きたのだ。

どうやらここが勝負どころだったらしく、大きなびっくり団子に手こずっていた木場の筏師も降参して舞台を下りた。これで大食いを競うのは六名となったわけだ。

「ちっちゃいの。やつはまだ食っているのか」

「はい。ゆっくりとですが、十四皿目を召し上がっています」

権兵衛が言う『やつ』とは、もちろん唐人飴売りに扮した丑之助のことである。

大食いくらべの勝敗とは別に、丑之助と権兵衛も勝負をしている。もと明神下小町として知られた、美しくて淑やかなカメをめぐっての大勝負だ。

しかし、丑之助が大飯食いだという話を、おけいは今まで聞いたことがなかった。

身体(からだ)の大きいほうがたくさん食べると思われがちだが、さっき甘い餡に音をあげた渡り中間の兼輔などは、むしろ小柄で痩せぎすだった。いま三番手につけている車力の善次も中背で痩せ型だ。あとで学者の林玄峯に聞いてみないことにはわからないが、どうやら体格と胃の腑の働きに関係はなさそうである。

「よし、次もってこい」

「はいっ」

権兵衛も飛び入り参加にしては健闘している。先頭を引っ張る二人に速さで劣るものの、びっくり団子に続いて十四皿目のきざみ団子を片づけても、まだ食べるつもりだ。

一方、恋敵(こいがたき)の丑之助はといえば、すでに腹十分目を超えてしまったのか、なかなか十四皿目を食べ切ることができずにいた。しっかりしろ、もっと頑張れと、お運び役のお久美に尻を叩かれても、借りものの帽子の下で青い顔をしている。

おけいは次の団子を運びながら、えびす堂の兄妹がいる舞台袖へ目を走らせた。

淑やかなカメは大声を張り上げたりしないが、先刻から祈るような目をして、苦しげな丑之助を応援している。

その姿を見て、ふと、おけいは思ってしまった。

（依田さま、どこまで頑張るおつもりかしら――）

権兵衛はすでに十四皿目を終えている。このまま丑之助が食べるのをやめれば……。

「あきらめてはダメです。もっと食べてください。大切なお方のために！」

ハッとするほどの大声を上げたのは、おけいではなく、お久美だった。

それを聞いた丑之助が、目の前の団子に手を伸ばした。震える指で串をつかみ、きざみ海苔がのった醤油団子を、無理やり口の中へ詰めてゆく。

おけいも慌てて十五皿目となる団子を権兵衛のもとへ届けた。

「丑……じゃなくて、駱駝ノ介さんが十四皿目を食べてしまいそうです。追いつかれないように頑張ってください！」

「…………」

一瞬、神妙な顔でおけいを見た権兵衛が、富屋のみたらし団子に食いついた。これでまた丑之助を引き離せるはずだったが、なぜか一粒かじっただけの団子を、いつまで経っても飲み込もうとしない。

「おっと、ここにきて駱駝ノ介が息を吹き返したぞ。一巡目を終え、いま十五皿目のみたらしを一気に口へねじ込もうとしているーっ」

弥次郎の実況を聞いて、もうおけいは焦りを隠せなかった。

「どうしたんですか。今からでも引き離せます。さあ、お茶を飲んで――」

ところが、急に口の動きが重くなった権兵衛は、残りの団子ではなく、おけいの手首をギュッとつかんで引き寄せたかと思うと、耳もとに短い言葉をささやいた。

それからゆっくりと右手をあげて観客に告げる。

「降参する。もうこれ以上は食えねぇ」

ほぼ同時に舞台の端で大きな音がした。全部で十五皿、つまり三十本の団子を食べ切った唐人飴売りの駱駝ノ介が、座っていた床几ごとうしろにひっくり返ったのだった。


余興が行われている舞台の両袖には、団子屋たちが楽屋として使う一角がある。そこで大食い勝負を見物していた林玄峯が、おけいの横にきて訊ねた。

「依田殿のお加減はいかがかな」

「大丈夫です。こっそり会場の反対側からお帰りになりました。ありがとうございましたと言ってこれを……」

几帳面に畳んで返されたのは、唐人飴売りの扮装に使われた阿蘭陀の上着と帽子、そして大切な眼鏡だった。

ほんの一ときだけ目をまわした丑之助だったが、すぐに起き上がって降参を告げると、ツルとカメに付き添われて八丁堀へ帰っていった。ひと足先に降参した権兵衛は、早々に会場をあとにしている。

「そうか。せっかくよい場所に入れてもらったのだし、我々はここで最後まで見物させていただくが、よろしいかな」

もちろんですと、おけいは答えた。衣装を借りる礼として、玄峯と二人の教え子たちを楽屋に引き入れ、間近で余興を見られるように計らったのだ。

「先生、先生っ、早くきてください」

「鋳掛屋の鉄五郎さんに続いて、車力の善次さんも降参しました。あとは赤城山さんと、獅子丸さんの一騎打ちです！」

玄峯は眼鏡の紐を結わえつけ、『ああ、これでよく見える』とつぶやきながら、光太郎と逸平の側へ戻っていった。

男の児らの言うとおり、大食いくらべは佳境を迎えていた。舞台に残っているのはもと力士の赤城山と、〈とりの子屋〉の若旦那の獅子丸だけ。二人は互いに一歩も譲らず、ほぼ同じ速さで団子を口に入れ、咀嚼することに集中している。ところが——。

（やっぱり、弥次郎さんの様子がおかしい）

それは二巡目に入ったころからだった。洒脱なしゃべりで会場を盛り上げてきた弥次郎が、妙にそわそわしはじめたのだ。向こう側の楽屋に控えている仲間とせわしなく言葉を交わしていて、何らかの不都合が生じたことだけは察しがつく。

「さ、さて、赤城山も獅子丸も頑張っているが、そろそろ苦しくなるころだ」

そう言う弥次郎のほうが苦しそうだ。

「見てくれ。積み上げられた皿の数は十八枚。なんと三十六本もの団子を腹におさめたことになる。二人ともよく戦った。ここでやめても恥じゃない。そうだろう？」

幕引きを望むかのような口ぶりに、会場から非難の声が上がる。

「馬鹿言うな。まだ二人とも食ってるじゃねぇか」

「ここまできたら、どちらかがくたばるまで続けろ！」

そうだ、そうだ、と観客に騒がれ、明らかに弥次郎は困っている。心配になったおけいは、身を屈めて舞台の裏を走り抜け、反対側の楽屋へ飛び込んだ。

そこには三つ玉屋、ウメ屋、タケ屋など、団子の皿出しを受け持っていた若い店主たちの、途方にくれた姿があった。何が起こったのかは問うまでもなかった。店台に置かれた空っぽの大皿を見れば、すべてが明白だったからだ。

「お団子がない。一本も……」

おけいは呆然とした。大食いくらべがはじまる前、祭りに加わった各店が六十本ずつの団子を余興用として持ち寄っていた。十四軒分を合わせると、八百四十本もの団子が、あらかじめ店台の上に用意されていたのである。

すでに八人が降参したことを考えれば、実際にはもっと多くの団子がここにあるはずなのだが、おけいの目が節穴でなければ、店台の大皿は空っぽで、かろうじて二十皿目となる飛騨屋の五平団子が、小皿に用意されているだけだ。

「いやはや、これは早まったことをしてしまった」

いつもは空とぼけた三つ玉屋の店主が、青ざめた顔で額の汗をぬぐった。

楽屋から団子が消えた原因は、三つ玉屋の先走りだった。いくら大食いとはいえ、人ひとりが三十本以上の団子を食えるわけがないと決めつけ、早々に売り切れが続出して客が騒いでいる屋台に、大食い用の団子をまわしてしまったのだ。

折しも舞台では、二人の猛者が十九皿目を同時に食べ終えて拍手を浴びている。

それを見て、最後の団子を、お運び役の娘らが舞台へと運んでゆく。

「おい、次の分は大丈夫か」

赤城山と獅子丸が食べ応えのある五平団子に取りかかった隙に、楽屋まで様子を見にきた弥次郎が、もう団子は一本もないと知って頭を抱えた。

「ああ、困ったなぁ。どうしたらいいんだ」

舞台上の二人は、とうに腹十分目を超えているはずだが、互いを気にするそぶりすら見せず、ひたすら目の前にある団子に齧りついている。その姿は無我の境地といったところで、二十皿目で勝負はつきそうにない。

万事休す。祭りを主宰する店主たちが、舞台に出て土下座するしかないと思われた、ちょうどそのとき。楽屋の仕切り板の外側から、案内も請わず入ってきた男がいた。

「どなたはんもごめんやす」

江戸っ子の耳に馴染みの薄い西国訛りは、浮橋屋の店主である。

「えらい遅うなってしもたが、ご一同はんに差し入れどす」

「差し入れ……」

今さらよけいなお世話だと、若い店主たちがにらみつけるのもかまわず、近くにいたおけいの手に風呂敷包みを押しつける。

「二軒分の寸志が入っとるさかい、はよ開けて見いや」

それだけ言うと、さっさと退散していった。

「なにが寸志だ。ちくしょう、こんなときに！」

自分たちを冷やかしにきたのだと思い込んだ弥次郎が、腹立ちまぎれに風呂敷包みをつかんで投げようとするのを、おけいが慌てて止める。

「待ってください。すごくいい匂いがします！」

奪い返した風呂敷包みを店台に置いて開けてみると、えも言われぬ芳醇な香りが楽屋いっぱいに広がった。

「あっ、見ろ、茶団子だ」

「羽斗屋のほろ酔い団子まであるぞ」

小さな玉を三つ連ねた品のよい茶団子は、もとは京名物として知られ、江戸深川の出店でも大人気となった浮橋屋の名物である。酒粕をまぜた味噌ダレを塗って、こんがり焼いたほろ酔い団子も、永代寺門前町の羽斗屋で人気を博した逸品だ。

どちらの店も、交互に総代を務める深川団子屋仲間の重鎮だった。今回の団子祭りに際しては、幾度頭を下げられても参加しないとはねつけていたのだが……。

「あ、あの、もう二十皿目が終わってしまいますけど」

今にも泣きそうなお運び娘の声に、おけいが大急ぎで茶団子を小皿に盛りつけた。

我に返った弥次郎も、お運びたちのあとから舞台へ向かう。

「やあやあ、待たせたな野郎ども。誰が見ても勝負は大詰め、オレたちの団子も、ついに二枚看板の登場だぁ。二十一皿目は、霊巌寺前・浮橋屋の――」

会場から湧き上がった大歓声が、かすれた弥次郎の声をかき消した。

簀子縁にちんまりと座したうしろ戸の婆は、しきりに首を振って感心した。

「いやはや、四十四本とは食べたものだ」

「はい。まさかあんなにたくさん召し上がるとは思いませんでした」

出直し神社に戻ったおけいが、昨晩の大食いくらべについて、微に入り細にわたって婆に話し終えたところである。

●

赤城山と獅子丸との一騎打ちは、二十二皿を平らげた赤城山の勝利で幕を閉じた。

わずか十七歳で膝を痛め、憧れの大関になるどころか、本割の土俵にすら上がれなかった赤城山は、背中に団子の絵柄を染め抜いた特注の法被を羽織り、これで昔の不運を吹き飛ばせたと言って喜んだ。

たった一串の差で二番手となった獅子丸も、大好物の団子を思う存分食べることができて大満足だった。しかも大食いくらべの詳細を書いた読売が大量にばらまかれたことで、〈とりの子屋〉の獅子丸として世間に名を広めたのだから万々歳である。

「団子祭りは、今後も続けるつもりかい」

「はい。弥次郎さんたちは、もう次を考えているようです」

若い連中が勝手に決めたことだと言って祭りに背を向けた重鎮たちも、最後は救いの手を差し伸べてくれた。土壇場での差し入れは、万が一にも団子が足りなくなったときのために、わざわざ取り置いていたものだった。

きっと来年こそは、深川の団子屋仲間が一丸となり、より大きな祭りを開くだろう。

「それで、もうひとつの勝負にも、けりはついたのかね」

婆が訊ねているのは、カメをめぐる二人の男のさや当てのことだった。

「勝負は依田さまの勝ちです。権兵衛さんも納得して帰られました」

本当は、はじめから勝負の結末は決まっていた。大食いのさなか、丑之助がこれ以上は食えそうにないと知った権兵衛は、おけいの耳もとでささやいたのだ。

『ここで降りる。ちっちゃいの、おれを恨むな』

親友の妹であるカメは、権兵衛にとっても妹のようなもので、恋心を抱いたことなどなかった。いつまで経っても母親を説得できないもう一人の親友を奮起させるため、ツルと相談してひと芝居打ったのである。

そして皮肉屋の権兵衛だけが、誰も気にとめない小柄な娘の秘めた思いを知っていた。

『おれを恨むな――』

上っ面の同情とは違う、本気で心をかけた短い言葉が胸に沁みる。

一方、カメを取り戻した丑之助は、一日も早く母親の許しを得られるよう最善を尽くすと、親友たちの前で約束したのだった。

第三話

面をかぶった母へ——たね銭貸し銭六十文也

出直し神社の簀子縁で、おけいは文を読んでいた。

差出人は定町廻り同心の依田丑之助。眩暈をおこして倒れた母親の看病にきてもらいたいと記しただけの、走り書きのような文である。

「依田さまのお母さまは、よほどお悪いのですか」

詳しく書き綴る余裕もないほど重篤なのかと心配するおけいに、使い走りを言いつかってきた下っ引きの留吉が、腕を組んで大げさに唸った。

「うーん。どう言えばいいか、お母上のお銀さまがクラッときて倒れたのは本当だけど、寝込むほどじゃないんだ。あれは病というより……」

自分に歯向かう息子への、面当てのつもりだろうという。

歯向かうとか、面当てとか、ずいぶん仲の悪い親子のように聞こえてしまうが、それもみな、十日前の大食いくらべに端を発しているものと思われた。

『いいか。お袋さんを説き伏せて、今年のうちにカメと祝言を挙げろ。でないとまた来年の大食いくらべで、腹がはち切れるほど団子を食うことになるぞ』

わざと勝負に負けてくれた権兵衛に脅され、丑之助が『うん』と返事をしたところを、その場に居合わせたおけいも見届けている。

生真面目な丑之助は、さっそく翌日から母親の説得にあたった。しかしこれが一筋縄でいかないことは、むなしく過ぎ去った六年の歳月が物語っていた。

「お銀さまは鼻っ柱の強いお方だから、一度ダメと決めたことはダメなんだ。ましてあれほど反対してきたえびす堂の娘との縁談を、今になって認めろと言っても無駄なことだって、うちの親分も気の毒がっているよ」

留吉の親分といえば、丑之助から十手を預かる岡っ引き〈飴屋の権造〉である。

昨年の秋、芝居町の半端者だった留吉は、危うく柄巻師殺しの下手人にされるところを丑之助たちの働きで助けられた。その後は権造親分の手下となり、依田家の役宅にも出入りして、薪割りや庭木の手入れなどの雑用を引き受けている。そこでたびたび、母と息子との会話を耳にすることもあるのだという。

「言っておくけど、盗み聞きじゃないぞ。お銀さまの声は深みがあって通りがいいものだから、外にいても聞こえちまうんだ」

カメの話がむし返されて以来、依田家の母子は言い争いを繰り返していた。ただ、聞こえてくるのは一方的にまくしたてるお銀の声ばかり。口の重い男では太刀打ちできない。焦りを感じた丑之助は、いっそのこと、先にカメを武家の養女にしてしまおうと考え、同心組頭の近藤半四郎に内々で話をつけたのである。

好人物で知られる半四郎は二つ返事で引き受けてくれた。ところが、なぜだか早々に、この企みがお銀の知るところとなってしまった。

『勘違いをしてはいけません。たとえ武家の身分になったとしても、この世に双子として生をうけた事実は変えようがないのですよ』

そう告げられた丑之助は、双子という一点だけではねつけるなど、あまりに料簡が狭いといって母親に詰め寄った。

そこから激しい親子喧嘩がはじまるわけだが、たまたま玄関先まできていた留吉は、戸の脇にじっとうずくまって、争いが収まるのを待った。

「だって、おれごときが止めに入るのはさしでがましいだろう。でも、急にお銀さまの声が途切れて、そのあと助けを求める旦那の声が聞こえたんだ」

慌てて奥の座敷へ行ってみると、お銀が畳の上で倒れていたという。

さいわい大事には至らず、留吉が近所の医者を連れて戻ったときには、もう自分の足で歩いていた。念のため脈を取った医者も、怒りで血の道が上がったことによる眩暈と思われるので、心穏やかに過ごすようにとだけ言い残して帰った。

「その翌日からだよ。お銀さまが養生と称して寝間にこもっちまったのは」

たちまち丑之助は困ってしまった。依田家が拝命している定町廻り同心という役職は、三十俵二人扶持の微禄である。それでも武家として面目を保っていられるのは、見まわり先の商家で手渡される心づけや、盆暮れの付け届けでしのぐことができるからだ。

自ら金品を求める輩もいるが、代々清廉な仕事ぶりで知られる依田家では、渡されるものは拒まないまでも、過分な心づけをねだるような真似はしてこなかった。その分、家計を預かる奥方たちが苦心してきたわけで、今でも雇い人を置かず、掃除、洗濯、台所仕事などの一切合切を、お銀が自らの手でこなしていたのである。

「なんだかんだ言って、お銀さまがいないと、旦那はお手上げなんだ」

台所のどこに米があるのか知らないし、そもそも飯など炊いたこともない。とりあえず役宅に通って世話を焼いている留吉も、下っ引きとしての仕事が忙しくなった。

「なるほど。つまり眩暈で倒れた母親の看病というより、家の中を切り盛りする手助けを求めてきたというわけだ」

はっきり言ってのけたのは、留吉でも、おけいでもない。きしむ社殿の唐戸を開けて、子猿のような皺くちゃの老婆が現れた。

「おっと、こいつはいけねぇ」

簀子縁で胡坐をかいていた留吉が、慌てて居住まいを正す。

「うしろ戸の婆さま、お久しぶりです。ご挨拶が後まわしになってすみません」

「いいよ。話は中で聞かせてもらったからね」

痩せた身体に生成りの帷子をまとった婆は、そう言って留吉の向かいに座した。

今日は三月二十五日。眩しい陽光が簀子縁の上に差しているとはいえ、まだ盛夏の衣を着るには早すぎる。早いどころか、たとえ骨まで凍りつきそうな冬のさなかでも、この不思議な老婆は薄い帷子一枚で、出直し神社を守っているのである。

「しかし妙だね。あの若い同心、自分の勝手が悪いからといって、人を呼びつけるほどの横着者ではなかろうに」

たとえ数日の雇いでも、口入れ屋に頼めばいくらでも手伝いが見つかるはずだ。それをわざわざ下谷にいるおけいを呼び寄せようとするからには、また別の事情があるのではないかと問われ、きまり悪そうに留吉が頭を掻いた。

「申し訳ねぇが、細かい事情は向こうへ行って、旦那の口から聞いてもらいたいんだ」

「やれやれ、仕方ないね」

期待を込めた目で見つめる娘に、婆が尖った顎をしゃくって言った。

「お行き。ただし関所の番人は手強いよ。一番鶏が鳴くまで扉は開かないから――」

「ありがとうございます、婆さま！」

おけいは最後まで聞かずに跳び上がった。丑之助に会える。しかも今回は八丁堀の役宅でお世話ができると考えただけで、心はふわふわ雲の上だ。

大急ぎで手回りの荷物をまとめていると、社殿の薄い壁越しに、留吉に話しかける婆の声が聞こえてきた。

「それはそうと、近ごろ南北の定町廻りが忙しいそうじゃないか」

「へへっ、さすがにお耳が早い」

もう少し詳しく教えるようにとねだられ、御用の話がはじまる。

「えーと、お婆さまは、〈わたつみ党〉をご存じですかい」

「ああ。昔、そんな盗賊が西国や東海を荒らしていたっけね」

うしろ戸の婆が覚えていたとおり、海賊の末裔(まつえい)とされる〈わたつみ党〉は、二十年以上も前に瀬戸内から大坂・堺(さかい)に至る沿岸の城下町で盗みを繰り返していた。そのうち追っ手を逃れて東海道(とうかいどう)へ進み、桑名(くわな)、岡崎(おかざき)、浜松(はままつ)、小田原(おだわら)と、東へ拠点を移しながら仕事を続けたあと、ここ十年ほどぱったり鳴りを潜めていたのである。

ところが昨年の八月、四谷(よつや)の商家が盗賊に襲われ、金子(きんす)を奪われたうえに店主一家と奉公人の、合わせて十三人が皆殺しにされるという悲惨な事件が起こった。子供まで手にかける残虐さから、〈わたつみ党〉の仕業ではないかと推察する役人もいたが、賊の特定に至らないまま年末の日本橋でも同様の押し込みがあり、そこでも十人が殺された。

事件から三か月が経とうとしている今でも、賊の正体はつかめていない。凶悪な放火や窃盗を取り締まる火付け盗賊改方はもちろんのこと、南北の町奉行所でも定町廻りによる探索が続いているという。

「なるほど。近ごろ役人が忙しそうにしているのは、つまり――」

そろそろ盗賊が次の押し込みを働く時期だと、役人たちは踏んでいるのだ。

◉

目の粗い竹籠を背負って、おけいは八丁堀の武家地を歩いていた。

本来の八丁堀とは、京橋川が白魚橋から東へ流れ、稲荷橋を過ぎて江戸湾へ注ぐまでの堀の名前だったが、いつしか一帯の呼称として用いられるようになった。

江戸っ子たちが町方役人のことを『八丁堀の旦那』と呼ぶのは、そこに町奉行所の与力や同心たちの暮らす組屋敷が建ち並んでいるからだ。

「あら、おけいさん。朝からお出かけでしたか」

同心組屋敷の敷地の角で、霰小紋を着た武家の奥方が声をかけてきた。

「ちょっと八百屋へ行ってまいりました」

それはご苦労さまでした、と品のある笑顔を見せたあとに、女が小声で付け足した。

「困ったことがあれば、遠慮しないで私たちを頼ってね。主人もそう言ってるから」

「はい、琴音さま。ありがとうございます」

依田家を手伝うことになったおけいは、同じ組屋敷に住まう丑之助の上役や朋輩たち、その家族の顔と名前もあらかた覚えた。

いま礼を言った相手は、南町の定町廻り同心組頭・近藤半四郎の妻である。

近藤半四郎といえば、えびす堂のカメを養女に迎えようとしている面倒見のよい男で、妻の琴音ともども丑之助の強い味方だ。巫女姿の小柄な娘が手伝いにきた事情も承知しており、何かと心にかけてくれる。

短い立ち話のあと、おけいは組屋敷の一角にある依田家の役宅に帰りついた。

同じ町方役人でも、上役の与力には三百坪ほどの土地が割り当てられるが、同心はおよそ百坪である。質素な板塀の木戸門を開けると、すぐ脇の生垣に隠れて小さな家が建っている。これは家族ではなく他人を住まわせるためのもので、与力も同心もそれぞれの敷地内に貸家を構え、少ない俸禄を家賃で補っているのだった。

最近まで易者が住んでいたという依田家の貸家には、まだ新しい住人が入っていない。どうせ空き家なのだし、おけいが好きに使ってくれればよいと丑之助は言ってくれたが、小さな身体に一軒家は不相応な気がして断った。布団と枕屏風だけを借り、母屋の裏庭に面した台所で寝起きさせてもらっている。

「ただいま戻りました」

いきなり奥の間から厳しい言葉がとんできた。丑之助の母親のお銀である。

「遅かったですね」

「台所が一段落したら、こちらへきなさい」

「はいっ、かしこまりました」

おけいは井戸端へ出て青菜を洗い、さっと湯がいて水にさらしたあと、早朝に棒手振りから買っておいた半丁豆腐を使う分だけ切り分けた。

今日の昼餉は、青菜のお浸しと豆腐の味噌汁だ。さいの目に切った豆腐を皿に移すなどして支度を整えてから、いったん白衣の上にかけたたすきを外す。それから奥の間に声をかけるのだが、これには多少の勇気を要した。

「大奥さま、よろしいでしょうか」

「お入り」

ていねいに左手を添えてふすまを開け、床に指先をついてかしこまりかけると、間髪をいれず叱責がとんだ。

「そこではないでしょう。『お入り』と言われたときは、中まで入りなさい」

「はい、申し訳ございません」

膝と指先を使って座敷の中へにじり入り、改めてかしこまる。

お銀は礼儀作法に厳しかった。まだ若いころ、御殿女中として旗本屋敷に十年間奉公したというだけあって、武家の隠居から多少の躾を授かったことのあるおけいでも、いちいち不作法を咎められた。

「それから、私のことは名前で呼びなさいと言ったはずですよ」

「はいっ」

　申し訳ございませんと再三詫びたあとも、なかなか顔を上げられない。

「どうしました。私がそんなに恐ろしいですか」

「い、いいえ、恐ろしいなどと……」

　うつむいたままの小娘を、容赦ない声が追い詰める。

「では、顔をお上げなさい」

　ゆっくり、心をなだめながら見上げた先で、赤鬼がこちらを向いて座っていた。

『すまんが、母を見ても驚かないでくれ』

　初めて八丁堀の役宅を訪れたとき、丑之助はそんなふうに前置きをした。

　えびす堂のカメを嫁に迎えんがための画策が露見し、親子喧嘩になったくだりは留吉から聞かされていたが、この話にはおけいの知らない続きがあった。

　――なぜ、カメの話になると、母上は鬼のようなお顔をなさるのですか。

　自分がなじられるのは仕方ないとして、カメまで悪者のように言われるのは、丑之助にとって耐えがたいことだった。ひとことふたこと言い返すうち、とうとう胸の内に留めてきた積年の思いが口を衝いてしまったのだ。

これに激昂したお銀が眩暈を起こして水入りとなったわけだが、翌朝、寝間へ様子を見にいった丑之助は我が目を疑った。

『なんと母上が、鬼の面をつけて布団の上に座しておられたのだよ』

前日の失言に対する当てこすりだと気づき、その場に伏して謝った。しかしお銀は鬼の面を外そうとせず、しばらく養生させてもらうと言ったきり寝間にこもってしまった。

丑之助は途方にくれた。せめて臨時の手伝いを雇ってもよいかと、ふすま越しに伺いを立てたところ、思いがけない返答があった。

――お手伝いなら、出直し神社の巫女さんにきてもらいなさい。

それ以外の者を家に入れるのはお断りだと言われ、大急ぎで短い文を書いて、留吉を下谷まで走らせた次第だ。

『でも、どうして、わたしを？』

嬉しい反面おけいは戸惑った。丑之助とは懇意でも、まだ母親のお銀とは面識がない。何ゆえ名指しで呼び寄せようとするのか。

『俺がたびたび、母上にお聞かせしていたからだと思う』

おけいが生まれてすぐ里子に出され、育ての親とも八歳で死に別れて、何軒ものお店を渡り歩いてきたこと。今は出直し神社の婆に仕えていることなど、自分と知り合う以前の出来事まで話したという。

『母上も若いころには、御殿奉公に出るなどして苦労されている。同じ苦労人のおけいさんにも、会ってみたいとお思いになったのかもしれん』

『そうだったのですね……』

お銀の真意はさておき、丑之助が自分の生い立ちまで母親に話して聞かせているという事実が、おけいの乙女心を揺さぶった。今後しばらく同じ屋敷で暮らすと考えただけで、手放したはずの淡い思いが、ふわふわとよみがえってしまいそうだ。

『母上、お連れいたしました』

足が地につかない気分で寝間に通されたおけいは、こちらをにらみつける鬼と目が合った途端、夢からうつつへと引き戻されたのだった。

あれから四日。依田家の暮らしには慣れてきたが、二本の角(つの)を生やした真っ赤な鬼の面を前にすると、どうしようもなく心がざわついた。

鬼の面といっても本格的な木彫りの能面ではなく、露店などでよく見かける素朴な張り子の面である。いかにも武家の女人(にょにん)らしいお銀の佇(たたず)まいと、卑俗で安っぽい張り子面との取り合わせがちぐはぐで、見る者を落ち着かない気分にさせるのかもしれない。

「台所の用はすみましたか」

「はい、お銀さま」

本来なら大奥さまと呼ぶべきところを、お銀は名前で呼ばせた。

格式にこだわっているようで、ざっくばらんなところもある。この女主人の人柄をつかむには、もう少し暇がかかりそうだ。

「では、昼餉までここに座って仕事を覚えなさい」

そう言うと、お銀は自分が使っている文机の横に、もうひとつ古机を用意した。

御家人の奥方が、少ない俸禄を補うための内職に勤しむのは当然のことである。仕立ものなどの針仕事のほか、団扇や扇子の絵付け、機織り、組紐の糸組みなど、趣味を兼ねて楽しむ者も少なくないと聞いている。

お銀は張り子の面を作っていた。奇遇にも〈とりの子屋〉のとさか太夫の手なぐさみと同じだが、寝間に置いてあるのは獣の面ではなく、怖い鬼の面ばかりだった。

「これが木型です。上に紙を張り重ねて、見本と同じかたちにするのですよ」

おけいの前に置かれたのも、額に角を生やした鬼の面だった。四角張った顎、ぎょろりとした大きな目、胡坐をかいた鼻、裂けた口の中には牙がのぞいている。

「はじめは白い紙を張りなさい。あとはこちらの古紙を何枚も重ねて……」

ひととおりの手ほどきを受けると、言われたとおりに紙を千切り、一枚ずつ糊をつけて木型に張り付ける。その迷いのない手の動きを見てお銀が言った。

「あなた、前にも張り子をやったことがありますね」

「はい、ございます」

前に住み込んでいた商家の奥方に習ったのだと答える。

「どうりで手際がいい。できるところまで自分でやってごらんなさい」

細かい手仕事が苦手なおけいでも、二度目ともなれば多少はなめらかに指が動く。小さく千切った古紙を何重にも張り重ね、大まかな顔の土台ができたところで、昼を知らせる鐘の音が聞こえてきた。

「いったん手を止めて、お昼にしましょう」

先に立ったお銀に従って台所に入る。昼餉は女二人分の簡単なものだ。

味噌汁の具は豆腐のみ。湯がいた青菜に醬油（しょうゆ）をかけ、軽く絞っておひたしにする。香の物のたくわんは、しっぽの硬いところを刻んで風味づけの胡麻（ごま）油を垂らす。

それらの味つけを、お銀の指図を仰いでおけいが行った。初対面の挨拶のあとに、料理は下拵え（したごしら）しかできないことを白状すると、できないままでは通用しないと叱（しか）られたのだ。

『これから覚えますのでご教授ください、と言えばいいのです』

その日から、質素ながらも滋味深い依田家の料理を教わっている。

厳しいようでじつは面倒見のよいお銀だったが、けっしておけいの前で鬼の面を外そうとはしなかった。

料理の膳は寝間に運び、素顔を見せないよう一人で食事をする。喧嘩中の丑之助だけでなく、岡っ引きの権造や留吉の前でも面をつけているというから徹底している。

（鬼のような顔と言われて、お腹立ちなのはわかるけど……）

口を滑らせた丑之助も悔いている。母子が仲直りをするよいきっかけはないものかと、再びお銀の寝間で張り子の面を作りながら、おけいは思案するのだった。


その晩、丑之助の帰りは五つ（午後八時ごろ）過ぎになった。忙しいとは聞いていたが、朝早いうちに役宅を出て、夜の遅い時刻に帰宅する日が続いている。

「おかえりなさいまし。ご苦労さまでございました」

お銀に代わって丑之助を出迎えるのが、おけいの心ひそかな楽しみだった。

羽織を受け取り、埃を払って衣紋掛けに吊るすと、急いで夕餉の膳出しにかかる。献立はアジの塩焼きとワカメの味噌汁、それに青菜の白和えだ。どれもお銀に教わりながら、おけいが作ったものである。

「お魚を少し焦がしてしまって、申し訳ございません」

「でも塩加減はちょうどいい。二杯目も大盛りでたのむ」

手料理を旨そうに食べてくれる丑之助を見ているだけで、おけいは幸せだった。

食事の世話だけでなく、日々の掃除や洗濯など、自分が少しでも役に立てていると思うたび、抑えようのない喜びが笑みとなって顔中にあふれ出てしまう。

「おっと、忘れるところだ」

四杯目の飯に茶をかけて流し込もうとしていた丑之助が、はたと箸（はし）を置いた。

「さっき〈くら姫〉でこれを預かった」

帯の間から取り出したのは、小さく折り畳んだ文だった。御用の筋でお蔵茶屋を訪ねたところ、店主の代わりに応対した仙太郎が、帰りがけに託したという。

「おけいさんが俺の家にいることを、留吉のやつがもらしたらしい。それで明後日（あさって）の午後は暇をやってくれと頼まれたよ」

さっそく文を開いてみると、中身は外出の誘いだった。

「ええと、四月朔日（ついたち）の午後、お妙さまと出かけることになったので、わたしもお供をしないかと書いてあります。行き先は深川の人気茶屋で――」

「行ってくるといい。母上には俺が話しておくから」

外出は決まったものの、御用の筋でお蔵茶屋を訪ねたというくだりが気にかかる。事件にでも巻き込まれたのだろうか。

「何も起こらないうちに忠告してきたのさ」

眉尻（まゆじり）を下げる娘を安心させるように、丑之助が事情を明かした。

「おけいさんも知っているだろうが、昨年の八月と年末、商家に賊が押し入って、それぞれ店主一家と奉公人たちが皆殺しにされた」

そんな事件があったとは聞いている。どちらも名の知られた流行り店で、先に襲われた四谷の京伯堂では、吉原一の美女と名高い夕霧太夫も愛用している白粉が、娘たちのあいだで人気だった。年末に押し入られた日本橋の長崎屋でも、新作のビードロ鏡に注文が殺到し、いま申し込んでも二年待ちになると、江戸すずめたちに騒がれていた。

「殺された数は二軒合わせて二十人以上。俺も現場に行ってみたが、しばらく夢でうなされたほど凄惨な眺めだったよ。ただし――」

この事件を追っているのは、町奉行所ではなく、火付け盗賊改方だという。

ご府内の凶悪な押し込みに対しては、火付け盗賊改方が、下手人の捕縛から裁きまでを一貫して行うことになっている。昨年の押し込みも、手もとに金子を置いていそうな流行り店を好んで狙うところや、子供まで手にかける残忍な手口から、かつて世間を騒がせた〈わたつみ党〉が、再び仕事をはじめたものとみられている。

「依田さまたちは、何もしてはいけないのですか」

「いや、俺たちは賊に狙われそうな店の警戒にあたっている」

西国や東海を荒らしていたころの〈わたつみ党〉は、ひとつの押し込みを働いたのち、四か月から半年ほどかけて次の盗みに備えていた。今もまだ当時の流儀を貫いているとすれば、そろそろ次の店が襲われてもおかしくない時期にきている。

そこで南北町奉行所では、盗賊が目をつけそうな大店、もしくは流行り店の警戒を強めることにした。内神田を受け持つ丑之助も、権造親分と話し合って危ういと思われる店を絞り込み、そのうちの一軒が〈くら姫〉だったというわけだ。

「近ごろお運び娘の入れ替わりが早いと聞いて心配していたが、あのお仙さんは若いのにしっかりしているな。どれほど見た目がよくて役に立ちそうでも、身もとの定かでない者は雇わないと言っていた」

狙いをつけた商家に奉公人として手下をしのび込ませ、金のありかを探らせたり、押し込みの手引きをさせたりするのは盗賊の常套手段である。しかも最近になって、火付け盗賊改方からある情報が寄せられたという。

「去年〈わたつみ党〉に襲われた二軒の店には、まだ雇い入れて日の浅い女の児がいた。どちらも親類縁者や口入れ屋を介さずに雇われたらしい」

残念なことに、当人まで殺されてしまった今となっては、名前すら定かでない。

（まだ雇い入れて日の浅い女の児）

おけいの首筋を冷たい風が吹き抜けた。たしか〈とりの子屋〉にいるおひなも、口入れ屋を介さない押しかけ奉公人だったはずだが……。

◉

初夏を思わせる晴天となった三月の晦日。どこまでも青い空をツバメが飛び交い、竿に干された洗濯ものが気持ちよさげに泳いでいる。

おけいが井戸端で雑巾を洗っていると、誰かに名前を呼ばれた気がした。お銀の声ではない。空耳かと思って手もとに目を戻しても、やはり裏庭のどこかで声がする。

「おけいさん、こっちを見て。こっちよ」

ひそかに呼んでいるのは、隣家とのあいだを隔てる板塀の向こうだった。

(もしかして、琴音さま?)

板塀に歩み寄り、節穴を片目でのぞいてみると、向こう側からものぞいている目と目がかち合った。思ったとおり、隣に役宅を構える同心組頭・近藤半四郎の奥方だ。

「お話があるの。こっそり出てきてもらえるかしら」

「承知いたしました」

寝間で内職をするお銀の姿を確かめ、水を張った手桶と柄杓を持って前庭へまわる。鉢植えの花に水をやりながら、ついでに打ち水をする体で表道に出ると、門前で待ちかまえていた琴音が、自ら近藤家の役宅へと案内してくれた。

同心組頭といっても、敷地の広さはほかの同心たちと同じ百坪ほどだ。ただし、近藤邸の母屋は建て増しされて部屋数も多く、値の張りそうな調度まで置かれていた。

「急に呼びつけたりしてごめんなさいね。おけいさんのお耳に入れておきたいことがあったものだから」

気さくな言葉づかいで話しかける琴音は、伊勢町に店を構える米問屋の娘だった。夫の役職以上の暮らしができるのも、実家の援助があってこそだと聞いている。

「これ美味しいのよ。お茶と一緒に召し上がれ」

勧めてくれる茶菓子が、深川の団子祭りにも登場した伊賀屋のへっぴり団子というのも気取らなくていい。表向きはしとやかな武家の妻として振る舞いながら、おちゃっぴいな町娘らしさを内側に残したこの奥方が、おけいにはすこぶる好ましかった。

「それでね、お話というのは、えびす堂のカメさんのことなの」

自分もへっぴり団子を平らげた琴音が、茶をすすりながら切り出した。

「うちの人が、丑之助さんのためにひと肌脱ごうとしていることはご存じでしょう」

口いっぱいに団子を頬張ったまま、おけいは無言でうなずいた。

お銀に内緒でカメを養女にしようとしたことなら知っている。そもそもおけいが依田家にいるのは、怒りで眩暈を起こしたお銀の代わりに家事を手伝うためだ。

「お銀さまには申し訳ないと思うけど、二十四歳にもなった娘さんを、これ以上待たせておくのも酷でしょう。今回ばかりは丑之助さんも引く気はないみたいだし、この際だから

わざわざ言いつくろうからには、依田家の大奥さまが鬼の面をかぶって拗ねていること
が、組屋敷中に知れ渡っているのだろう。
ともかくお銀が家にこもっている今のうちに、カメを自分のもとに通わせて、武家の妻
としての心構えや作法を教えてやろうというのである。
「だって、嫁いだあとのことも考えてあげないとね」
自分も嫁にきた当初は大変だったと、明るく笑いとばす琴音だが、蝶よ花よと育てられ
た商家のお嬢さんが、格式にこだわる割には財力に乏しい御家人に嫁いだのだ。その後の
苦労はいかばかりであったか偲ばれる。
「うちはお姑さんが口やかましい人でね。ずいぶん泣かされたものだけど、まわりの人
に助けられて、なんとかやってこられたの」
あれから二十年。今度は自分が助ける側にまわるのだと、琴音は張り切っている。
「それで、カメさんはいつから来られるのですか」
「明日からよ。少なくとも半月は通ってもらうつもり」
かたちだけの養女とはいえ、礼儀作法に厳しいお銀のいる家に嫁がせるからには、後々
まで困らないだけの作法を身につけさせてやりたい。だから力を貸してほしいと頼まれて、
おけいは面くらった。

「えっ、わたしが、何を？」

「お銀さまを見張ってくださいな」

性懲(しょうこ)りもなくお節介をしていると知れば、お銀は頭から湯気を出して怒るだろう。眩暈までは起こさないとしても、近藤家に怒鳴り込んでくるかもしれない。

「それに、いつお銀さまが家から出てこられるかわからないでしょう。門の前でばったりカメさんと鉢合わせたりしたら……」

自分たちが恨まれる覚悟はあるが、カメにこれ以上の気まずい思いはさせたくない。だから当分のあいだお銀に気を配り、出かけそうなときには急いで知らせてくれないかと、両手を合わせて頼まれてしまった。

「ずいぶんと念の入った水まきでしたね」

台所に戻ったおけいを、皮肉まじりのお小言が待っていた。

「打ち水をするなら、自分の家の前だけにしなさい。他人(ひと)さまの家の中まで水をまくのは感心しません」

「はい。申し訳ございません……」

どうやら隣家に上がり込んでいたのはお見通しだったようだ。何を話していたのか問い詰められるかと思いきや、お銀は別の話題を持ち出した。

「今日のお昼と晩は、ありあわせのもので十分です。こっちへいらっしゃい」

今夜も丑之助は遅くなる見込みで、夕餉もすませて帰ることになっている。

わざわざ買いものに出なくてよいというお銀に従い、内職の作業場を兼ねた寝間へ行くと、昨日のうちに紙張りを終えた鬼の面が文机の上に置かれていた。

「もう糊は乾いていますから、次は色を塗ってごらんなさい」

どれでも好きな色を選ぶように言われてしばし迷う。

お銀が手がける張り子の面は赤鬼ばかりで、激しい怒りを露わにしている。見本の中には青鬼の面もあるのだが、こちらは根深い恨みを心の奥に燻ぶらせているかのようだ。

怒りか、恨みか――。おけいはどちらとも違う表情にしたくて、いくつかの顔料をまぜ合わせた絵の具を、自分の不格好な面に塗りこめた。

「まあ、桃色の鬼ですか!」

好きな色を塗れと言ったお銀も、まさかの桃色に呆れている。

おけいのこしらえた鬼の面は、目と目のあいだが大きく離れ、口もとはニンマリ笑っているようだ。それが桃色に塗られたことで、愛嬌のある鬼になってしまった。

「なんだか、わたしに似ているような……」

面とにらめっこをするおけいを見て、赤鬼がホホと笑った。八丁堀にきてようやく耳にする、お銀の明るい声だった。

「かたちはともかく色付けは上手です。前にも習っただけのことはありますね」

誰に教わったのかと問われ、〈とりの子屋〉のとさか太夫について話す。

日々の手なぐさみとしてキツネやイヌ、ウサギなど獣の面を作っていることや、能楽を取り入れた芝居が得意だったことなどを聞かせると、お銀が細くて長いため息を吐いた。

「能楽とはうらやましい、結構なご趣味です。私も娘のころは仕舞や謡を習いたいと思っていましたが、贅沢な習いごとは許されませんでした。贅沢どころか……」

もとから赤い鬼の面が、より赤みを増した気がした。

依田家に嫁いでくる前、お銀が旗本屋敷で奉公をしていたという話は聞いている。ままならない娘時代を過ごしたことも察せられるが、とさか太夫とて〈とりの子屋〉の仁蔵に嫁ぐまでは、波乱に満ちた人生を送ってきたのである。

ふとおけいは、夫と子供を高潮で亡くし、自分だけが遊びに出かけて生き残ったことを恥じた太夫が、二十年にわたってニワトリの面をかぶり続けたことを思い出した。一人息子の縁談に反対するお銀も、このさき何年も鬼の面を外さないつもりだろうか。

「そうそう。丑之助がふすまの向こうでわざとらしくつぶやいていましたっけ。おけいさんは、〈くら姫〉のご店主と出かける約束があるそうだ、なんて」

急にお銀が、明日の外出の話題を持ち出した。

「せっかくですから、楽しんでいらっしゃい」

「よろしいのですか」

改めて伺いを立てるおけいに、お面の下の穏やかな声が応じる。

「あなたはこちらが無理を言ってきてもらった人ですよ」

遠慮することはないから、ゆっくりしてくるといい。その代わりと言ってはなんだが、あとでお蔵茶屋の美しい店主の話を聞かせてほしいとねだるお銀は、厳しいけれども思いやりのある、敬うべき武家の大奥さまそのものだった。

会って間もない自分にはこれほど親切なのに、なぜ、働き者で人柄もよいと評判のカメを頑なに拒み続けるのか理解に苦しむ。

(双子というだけで、そこまで毛嫌いできるものかしら)

怒りを表す赤い鬼面の下に、どんな表情が隠されているというのだろう。

◉

四月朔日の朝、裏庭で水汲みをしているおけいの耳に、トントン、トントン、と板塀を二回ずつ叩く音が聞こえた。隣家の琴音が『いま出られるか』と訊ねている。

それに対して、トン、と一回だけ叩き返せば『すぐに行く』。トントントントン、と三回なら『いまは無理』。トントントントントントン、と立て続けに叩けば、『お銀が外へ出たから気をつけろ』となる。いささか子供じみてはいるが、二人で考えた秘密の合図だ。

おけいは一回だけ叩き返すと、足音を忍ばせて隣家へ向かった。

近藤家の座敷では、琴音のほかにもう一人、美しい顔がこちらを見て微笑んでいた。

「あっ、カメさん！」

「おはようございます、おけいさん」

今日から行儀見習いをはじめることになっているカメは、八丁堀で知り合いに会えたことを素直に喜んでいるようだ。

「私はほかに用があるから、二人だけでお話ししてね」

気をきかせた琴音が席を外してしまうと、さっそくカメが畳に手をついた。

「お銀さまの看病に来られているそうですね。ご苦労さまでございます」

ご苦労なんてとんでもない、お銀には礼儀作法や料理の味つけを教わるなど、とても大切にしてもらっているのだと口をすべらせたあと、おけいはたちまち後悔した。

カメが美しい顔をわずかに曇らせたのだ。

「そう、ですか。お銀さまは厳しいけれど親切な方ですものね」

よけいなことを言ってしまった。本当なら、依田家の礼儀作法や料理の味を受け継ぐのはカメのはずなのに。

「いえ、その、身寄りのない不器量な娘を不憫に思われて、それで——」

苦しい言い訳だった。今後は間違ってもお嫁さん気取りなどしないよう気を引きしめ、カメが着ている亀甲小紋に目を向ける。

「上品なお召しものですね。薄紫の地色がよくお似合いです」

「まあ、お似合いだなんて」

もと明神下小町は、おけいの取ってつけたような褒め言葉にも恥じらいをみせた。

「今回のために琴音さまが用意してくださいました。でもこれ、もとは二十年前にお銀さまから頂いたものだそうです」

米問屋の末娘として贅沢かつ気ままに育った琴音は、婚約者の家で行儀見習いをはじめるという大事な日に、派手な大振袖をひるがえして先方へ乗り込もうとしたらしい。それを見たお銀が慌てて自宅に呼び入れ、地味な小紋に着替えさせて事なきを得た。半年後に祝言を挙げたあとも、一朝一夕には武家の暮らしに馴染めず、実家に逃げ帰ることばかり考えていた琴音を事あるごとに助けてきたのが、隣家のお銀だったという。

「今の琴音さまは申し分のない奥方です。いつも溌溂として、ご主人の近藤さまをあらゆる面でお支えになって。それに比べて、私は……」

カメの憂いが、おけいにはわかる気がした。

武家としての地位が低く、俸禄も少ない同心に娘を嫁がせる商家が多いのは、町奉行所に融通を利かせてもらおうとする下心があるからだ。いつ盗賊に狙われるか知れない昨今ではなおのこと、身内に定町廻りがいれば心強い。

伊勢町の米問屋を継いだ琴音の兄も、妹が嫁いだ近藤半四郎と親密だった。代々組頭を務め、奉行所内で顔の利く義弟に、金銭面での援助を惜しまないという。

「うちはしがない小店です。丑之助さまと兄のツルが、たまたま同じ剣道場の仲間だったことから見初めていただいただけで……」

役宅を建て増したり、立派な調度を贈ったりするだけの甲斐性はない。婚家の役に立てないどころか、ツルとカメは世間で疎まれがちな双子の兄妹だった。

「お武家の養女にしていただいても、私が双子という事実は変えようがありません」

だからこそ、双子の片割れのツルは、せめて店の身代なりとも大きくして、カメにこれ以上の肩身の狭い思いをさせまいと努めてきた。昨年〈くら姫〉の菓子合せに参加したのも、えびす堂の名を世間に広める手段のひとつだった。

菓子合せで高い評価を得たあとは、神田明神下の新しい名店として、大いに売り上げを伸ばしたのだが、それでもお銀の気持ちは毛筋ほども変わらなかった。双子の片割れという事実が難攻不落の関所となり、丑之助とカメの前途をふさいでいる。

ふと、おけいは八丁堀へ赴く前に、うしろ戸の婆が伝えようとした言葉を思い出した。

『関所の番人は手強いよ。一番鶏が鳴くまで扉は開かないから——』

婆が何を言いかけたのか、最後まで聞かずに飛び出してきた自分が悔やまれる。

たぶん、関所の番人はお銀だ。では、一番鶏はどこにいるのだろう。

舳先と逆の方向へゆったり流れる竪川の水は、遠目で見るより澄んでいた。指先で触れても冷たさはなく、深川の町人地に暮らす人々に似た温もりを感じさせる。

「舟に乗るのは初めてかい」

船縁から身を乗り出すおけいに、仙太郎が訊ねた。

「品川にいたころ、近くの漁師さんの釣舟に乗せてもらいましたけど」

まだ養父母が亡くなる前の話だから、かれこれ十年ぶりということになる。

「私なんてもっと久しぶりですよ。父や継母と一緒に舟の上から川開きの花火を見たのが最後だから……あらいやだ、もう二十年も昔になるわ」

いやだと言いつつ楽しげに笑うのは、〈くら姫〉店主のお妙だった。店の休みに合わせて深川の茶屋へ向かうべく、小舟を仕立て繰り出したのだ。

いつもは武家の姫君のごとき笄髷に、豪華な総模様の小袖を打ちかけているお妙だが、今日は珍しく商家の奥さま風に装っていた。おとなしい丸髷に珊瑚玉のかんざしを挿し、身にまとう友禅も裾にカキツバタが淡く描かれているだけの地味なものだ。しかしそれがかえって生まれ持った美貌を際立たせている。

「もう次の橋が見えてきた。あれが三ツ目之橋だね」

船頭に話しかける仙太郎は、まるで以前の廻り髪結いに戻ったかのようだ。

お蔵茶屋の奉公人になって以来、非のうちどころのない女として振る舞ってきたことが嘘だったかのように、粋な男仕立ての細縞を着流して、すべらかした髪を首のうしろでゆるく結わえている。

『驚いたかい。私としては、男に化けているつもりなんだよ』

待ち合わせた橋詰でおけいと会ったとき、仙太郎はいたずらっぽく笑って、これから自分たちが出向くことになっている店について教えてくれた。

その名も、舟入茶屋〈おと姫〉――。

去年の夏に店を出してすぐ、流行り風邪のあおりを受けていったん店を閉めたのだが、今年に入って装いを新たに再開してからは、客が次々と押しかけるようになった。今ではお蔵茶屋の〈くら姫〉と並び称される人気店になっているらしい。

新しい商売敵の噂は、すぐお妙の耳にも入った。一日も早く自分の目で確かめたいと思っても、店が忙しすぎてそれどころではなく、月末と月初めの二日間を休日と定めたことで、ようやく他店を見てまわる余裕ができたのだった。

「お客さん。あれが舟入茶屋の桟橋でさぁ」

三ツ目之橋の手前で、船頭が舳先を岸に向けた。目的の店には両国あたりで舟を雇って乗りつけるのが粋らしく、その趣向も含めて人気があるのだという。

桟橋に着くと、まず男姿の仙太郎が舟を降り、女主人の手を取って引き上げた。

身の軽いおけいは、カエルのようにぴょんと跳ねて舟から降り立ち、川岸に沿って長く続いている焼き板の塀を右から左へ見渡した。

「すごい、大きなお店！」

「今のご店主が買い取る以前は、深川でも由緒ある船宿のひとつだったと聞いています。ほら、そこの裏口から入るようですよ」

お妙が見つけたくぐり戸の脇に、茶碗（ちゃわん）ほどの大きさの釣り鐘と、それに見合った木槌（きづち）がぶらさがっている。

「なるほど。これを鳴らして呼び出せということか」

面白そうに木槌を手にした仙太郎が、小さな鐘を勢いよく叩く。

かーん、と、高い音が響いたかと思うと、黒羽織の女が内側から戸を開けた。

「紺屋町からお越しの味々堂（まいまいどう）さまでございますね。お待ちしておりました」

うやうやしく腰を屈（かが）める女の案内で、一行は塀をくぐり抜けた。目の前にはよく手入れされた中庭が広がり、三日月形の池に色つきの鯉（こい）を泳がせている。

池はともかく、塀のくぐり戸から中庭を突っ切って店に入るところなどは、〈くら姫〉に似ている。手本にしたのは間違いなさそうだが、遅れて店開きをした分、むしろ本家より行き届いた部分も多いのではなかろうか。

悔しさを感じながら歩くおけいの耳たぶを、仙太郎が軽く引いてささやいた。

「まだ言ってなかったけど、今日のお妙さまは、味々堂の奥さまということになっているからね。名前もおもんさまだから気をつけて」

わかりました、と、すぐに合点してささやき返す。

あの有名な〈くら姫〉の女主人が来店したと知れれば、よくも悪くもほかの客とは違うもてなしをされるかもしれない。そうならないよう、隣家の奥方の名前を借り、ほどほどに羽振りのよい商家のおかみさんを装っているのだった。

そこまでしてお妙がきてみたいと思った茶屋とは、いったいどのような設え（しつらえ）で、いかほどの茶と菓子を出すのだろうか。

だんだん興味が湧いてきたおけいは、たどり着いた表側の入口で首をかしげた。

（板戸が閉まっている。まだ店を開ける時刻じゃないのかしら）

案内人の女は頓着（とんちゃく）することなく、建てつけのよい板戸をするりと開けた。

「お入りください。暗いので足もとにお気をつけて」

本当に店の中は薄暗かった。しかも土間に入った途端に板戸が閉められ、足もとすら見えない暗がりとなったかと思うと、目の前で青みがかった明かりが灯（とも）った。

不思議な明かりの正体は、青い紙が張られた雪洞（ぼんぼり）である。

上がり口の左右に配された雪洞のあいだで、白髭（しろひげ）の老人が座していた。大きく膨（ふく）らんだ焙烙頭巾をかぶり、白衣と指貫袴をつけた姿は、神さまに似せた置物のようだ。

「ようこそお出でくださいました」

老人が置物ではない証しに、能面の翁を思わせる柔和な顔をこちらに向けたまま、畳に手をついて挨拶をはじめる。

「舟入茶屋〈おと姫〉の店主で、塩土の翁と呼ばれる年寄りでございます。これよりみなさまを竜宮城へとお連れいたしますので、ゆるりとお楽しみくださいませ」

口上を終えた塩土の翁が、パン、パン、と、手を叩いて呼ばわった。

「これ、ウミヘビ姫や」

行灯のうしろから現れた白塗りの女を見て、おけいはギョッとした。お蔵茶屋の漆喰壁に負けないくらい白粉を塗りたてた顔もさることながら、額に小さな銀色のヘビが巻きついている。むろん本物ではなく、すぐにそれとわかる細工物の額飾りだ。

「お座敷までご案内いたします。どうぞこちらへ」

青い蠟燭を手にしたウミヘビ姫が、白銀のうろこ模様の着物の裾を引いてずるずる歩くさまは、見せかけとわかっていても不気味だった。

茶屋の中は入り組んでいて、増改築を繰り返した建物と思われた。窓も縁側も板戸でふさがれ、今が昼間だということを忘れてしまいそうなほど暗い。曲がりくねった廊下と階段の途中に行灯がなければ、歩くにも難儀したことだろう。

「この青い色は、海の中を表しているのでしょうね」

お妙の言うとおり、足もとを照らす行灯もさっき見た雪洞と同じ色で、青い明かりに包まれて歩いていると、まるで海の底を目指しているような気分になる。さしずめ自分たちを先導するウミヘビ姫は竜宮のお使いだ。

やがて廊下が尽き、ウミヘビ姫が横のふすまを開けた。

「お入りください。〈紅珊瑚(べにさんご)の間〉でございます」

十畳に床の間がついた広い客間には、ついに海の底まできてしまったと勘違いしそうな仕掛けがほどこされていた。窓をふさいだ暗闇に青い雪洞が灯っているだけでなく、四方をかこむ壁一面が鈍い青色に塗られているのだ。美しいというよりも、おけいは水に引き込まれたような息苦しさを感じた。

「あら、いいお部屋ですこと」

さすがにお妙は肝が太い。悪趣味ともとれる青い座敷をものともせず、大きな紅珊瑚の枝が飾られた床の間を背にして堂々と上座についた。

その向かいにお供の二人がおさまったのを見届け、ウミヘビ姫が身をくねらせて退くのを待ちかねて、仙太郎が声を上げる。

「参ったなぁ、井戸の底に沈められた気分ですよ」

どうやら息が詰まりそうなのは、自分だけではなかったようだ。

安堵（あんど）するおけいの前で、ひとり平気な顔をしたお妙が評価を下した。

「やりすぎの感は否めませんが、もと船宿という条件をうまく使っていますね。舟で竜宮城に乗りつけるなんて面白い趣向です。それに、この壁の色——」

人差し指を立て、灰色を帯びた青い壁をぐるりと示す。

「うちの店蔵を塗り直してくれた左官屋さんに聞いたのですが、壁土に色をつけるのは、素人（しろうと）が思うより遥（はる）かに難しいそうです」

とくに晴れた日の海のような澄んだ青色を出すことは、ほぼ不可能とされている。たとえ灰色を帯びた鈍い青でも、土の配合を知る職人はごくわずかで、茶屋の設えに詳しいお妙ですら実際に見るのは初めてだという。

「当然、費用もかさみます。うちの床の間も、加賀（かが）さまのご城下の茶屋街などで流行っている色壁にしたかったのですが、見積もりを聞いてあきらめました」

つまり〈おと姫〉の店主は、金に糸目をつける必要のない分限者（ぶげんしゃ）なのだ。

「お茶とお菓子をお持ちいたしました」

話が一段落したころ、さっきのウミヘビ姫が、青海波（せいがいは）の唐紙（からかみ）を張ったふすまを開けた。

そのうしろから箱を捧（ささ）げ持って入ってきたのは、小柄なお運び娘たちだった。

まず先頭の娘が、床の間を背にしたお妙の前に黒塗りの箱を置き、仙太郎とおけいの前にも、別の娘らの手で同様の箱が置かれる。

お運び娘は三人とも、おとぎ話の双紙本に描かれているような、大昔の衣装をまとっていた。頭の上でひとつ輪にまとめた髪のかたちも古めかしく、それぞれの額にウミヘビ姫とは異なる飾りをつけている。

「どうぞ、玉手箱の蓋をお取りくださぃ」

お運びたちが部屋の隅へと退いたのを見届けて、ウミヘビ姫がうながした。

もちろん玉手箱とは、かの浦島太郎が竜宮城を去るとき、乙姫さまにもらったお土産のことだ。故郷の村に帰って蓋を開けると、白煙が立ちのぼってお爺さんになってしまったという、いわく付きの宝箱だったはずだが……。

せっかちなお妙が、手早く玉手箱の組紐を解いて、黒光りする蓋を持ち上げる。

一瞬、白い煙が見えた気がしておけいはドキッとしたが、煙の正体は茶碗から立ちのぼる湯気だった。茶と一緒に小皿にのせた菓子が収まっている。

「本日のお茶は、宇治の名園から取り寄せました煎茶にございます。茶請けのお菓子には、真砂屋の〈珊瑚玉〉をご用意いたしました」

口上が終わると、再び客の前に進み出たお運び娘が玉手箱の蓋を裏返し、箱から出した茶碗と菓子皿をその上に置く。

ぼんやりとした明かりの下で、おけいは目をこらして娘たちを見た。

自分の前にいる娘は姿のよい魚――おそらくタイの額飾りをつけている。お妙の給仕をする娘の額には、ハサミと細い足が何本もついたイセエビが。仙太郎の前にいる娘には、カレイかヒラメらしき魚がくっついている。

どの娘もこってりと白粉を塗りこめていて、素顔はほぼわからない。小柄で未熟な身体つきから、せいぜい十二、三歳と察せられるタイの飾りの娘などは、まだ奉公をはじめて日が浅いのか、茶碗を持ち上げる手が気の毒なほど震えていた。

「可愛いお菓子ですこと。もういただいてよろしいかしら」

ウミヘビ姫が答えるより早く、お妙が皿の上から丸くて小さい菓子をひとつつまんで口に入れた。それに倣って仙太郎とおけいも菓子に手を伸ばす。

〈珊瑚玉〉というからには鮮やかな紅色をしているのだろうが、あいにく青い明かりの下では色の見分けがつかない。口当たりと舌の上でほどける甘さは、かつて志乃屋の名物で、今では吉祥堂に引き継がれた餡玉に似ている気がする。

お妙も同じことを考えたようで、もっと厳しい評価を下した。

「これは色変わりの餡玉ですね。味はおしのさんが作るものに遠く及びませんし、青い明かりでは、せっかくのお茶とお菓子が美味しそうに見えません」

その箴言を聞き流し、用意されていた三味線を膝に抱えて、ウミヘビ姫が華やいだ。

「これより味々堂のみなさまに、竜宮の舞をお目にかけたいと存じます」

三味線のバチを鳴らして、お運び娘たちに声をかける。

「さあ、タイ姫、ヒラメ姫、イセエビ姫」

名を呼ばれたお運び娘たちが、三人並んで舞いはじめた。

三味線の音に合わせ、房の垂れ下がった扇をヒレに見立てて、すいー、すいー、ふわり、ふわり、水の中を泳ぐ魚のごとく、座敷の中を踊り歩く。

「こりゃいいや。タイやヒラメが舞い踊る、まさしく竜宮城だ」

青い座敷を気味悪がっていた仙太郎も、ようやく元気がでたようだ。

やがて、薄衣の袖と裾をなびかせて踊る娘たちのうち、一人が高い声で唄いだした。

〽ハァー　竜宮かよいの　浦島さまは　カメの背にのる　よいおとこぉ
浦島太郎の物語を節にのせて唄うのは、小柄なタイ姫だった。まだ色艶（いろつや）のない、けれども耳ざわりのよい真っすぐな声は、かなり鍛えられた喉（のど）である。

〽ハァー　酒も飽きたし　さかなも飽きた　おかに行きたや　帰りたやぁ
潮来節（いたこぶし）に似た節まわしを聞くうち、おけいはこれとよく似た唄と声を、前にも聞いたことがあるような気がしてきた。そうだ、あれは確か……。

横一文字に口を結んだ女の児の顔を思い出したとき、頭で考えるより先に、覚えている節を唄いはじめていた。

〽ハァー　本所かよいの　あのチョキ船で　月は見れども　まつい橋ぃ

つたない唄い方を気にする余裕はない。急にどうしたのかと驚くお妙と仙太郎、ウミヘビ姫やほかの娘にはかまわず、おけいはただ、タイ姫だけを見つめた。

一瞬、動きを止めたタイ姫が、探るような視線をこちらに向けた。だが何もなかったかのように目を逸らし、再び仲間たちと動きをそろえて踊りだした。

やはり自分の思い過ごしだったのかと、恥ずかしさで頬が火照りそうなおけいの耳に、待っていた唄声が聞こえてきた。

〽ハァー 片葉堀とて つれない葦よ 逢わせたまいや いまいちどぉ
優雅な手つきで扇を扱いながらタイ姫が唄ったのは、〈とりの子屋〉のおひなが井戸端で唄っていたものと同じだった。このことが何を意味するのか、じつはおけいにもわかっていない。たまたま二人が同じ唄を知っていたというだけなのか、それとも――。

「お、おまえ、勝手に唄ってもいいと誰が言ったの！」

怒りを帯びた叱責に、『すみません』と首をすくめて謝ったが、叱られたのはおけいではなかった。三味線を置いて立ち上がったウミヘビ姫が大股で歩み寄り、乱暴に腕をつかんだ相手は、続きを唄ったタイ姫である。

「よけいなことはしちゃいけないって、あれほど――」

頬をひっぱたくかと思われた手がすんでのところで止まった。まだお座敷の途中で、客が見ている前だということを思い出したようだ。

「もういいからお下がり。早く！」

　剣幕に恐れをなしたか、タイ姫が座敷から走り去ると、仲間の二人も後を追って退出してしまった。あとに残されたのは、ウミヘビ姫と気まずい静寂だけである。

「失礼いたしました。少々手違いがございましたので、別の娘たちを呼んで踊りの続きをお目にかけようと存じます」

　澄まして場を取りつくろうものの、いったん興が醒めてしまったあとでは、竜宮城の泡沫の夢に浸れそうもない。

「いいえ、もう十分です」

　お妙がきっぱりとした口調で断った。

「お茶とお菓子もいただいたことですし、私どもはこれで失礼いたしましょう」

「でも、まだお時間が……さようでございますか」

　残念そうに見せかけて、あっさりウミヘビ姫が引き下がる。

　その場で勘定をすませ、青い提灯に導かれて廊下を戻っていると、広い屋敷のあちこちから賑やかな音曲と、笑いさざめく客の声が聞こえてきた。ウミヘビ姫たちのような技芸を身につけた雇い人が、まだほかにもいるのだろう。

　おけいは入り組んだ廊下を曲がるたび、左右の薄闇に目を配った。

（タイ姫さんはどこへ行ったのかしら）

自分のせいで叱られた娘が折檻などされていないか気にかかる。できればもう一度会って確かめたいこともあったが、誰ともすれ違うことのないまま、最後は塩土の翁の柔和な笑顔に見送られて、屋敷の外へと出されてしまった。

竪川の桟橋へと案内してくれるのは、きたときと同じ黒羽織の女だった。

うしろ髪を引かれる思いでとぼとぼ中庭を歩き、鯉がいる池の端にさしかかったとき、キャッ、と、短く鳥が鳴いた。

（いや違う。鳥じゃない。今の声は――）

中庭に出ているのは自分たちだけだ。だが、よく見ると池の向こうにカエデの林があり、その奥に見え隠れしている建屋のあたりから悲鳴が聞こえた気がする。

すっかり足を止めてしまったおけいに、引き返してきたお妙が小声で訊ねた。

「さっきの娘さんが心配なのですね」

「すみません。勝手なことばかりして」

「いいわ。私に任せて」

言うが早いか、お妙は案内人の女を呼び止め、さも困ったふうに声を上げた。

「あの、ごめんなさい。舟に乗る前に、御手水をお借りできないかしら」

この手の頼みを断る者はいない。あまり愛想のよくない案内人も、ただちに踵を返し、お妙を連れて屋敷のほうへと戻ってゆく。

「今のうちだよ。ほら急いで」

ここは見張っておくから早く行けと、仙太郎も背中を押してくれた。

いきなりお座敷で唄いだした理由を訊ねようともせず、力を貸してくれる二人に感謝しつつ、おけいは池をまわって林の中へと駆けこんだ。

木立の奥に建っていたのは、古びて漆喰の剝げかかった蔵だった。よく見れば、建て増しを重ねて広がった茶屋の屋敷と、細い渡り廊下でつながっている。

古蔵の扉は閉ざされていた。明かり取りの高窓だけは開いているが、小柄なおけいが背伸びをしたくらいでは、中をうかがうことはできない。ほかに開いた窓はないか探っていると、内側から蔵の扉が開いて、さっき別れたウミヘビ姫が出てきた。

「おまえら、今夜は飯抜きだよ！」

荒い言葉を投げつけ、茶屋の廊下を歩くときとは別人のような外股で、のしのしと遠ざかるウミヘビ姫を見送ったあと、ためしに蔵の扉を引いてみる。

鍵をかけていったらしく、扉はビクともしない。それでも引き下がる気のないおけいは、高窓をかすめるように枝を伸ばしたカエデの木を見て妙案を思いついた。

両手のひらに唾をつけ、高歯の下駄を脱ぎ捨てて、ひょいと太い幹にとびつく。

まだ品川で暮らしていたころ、自慢ではないが木登りが大の得意で、近所の男の児らとお寺の大木に登っては和尚さんの肝を冷やしていた。そのころと変わらぬ身軽さで幹をよじ登り、張り出した枝の上を尺取り虫のように這うと、もう高窓は目の前だった。

身を乗り出してのぞき見る蔵座敷の中に、きらびやかな衣装をつけたままのタイ姫たちがいた。なぐさめ合うように身をよせる背後には夜具が積み重なり、どうやらこの蔵座敷を寝間として暮らしているものと思われる。

今すぐタイ姫に声をかけようか。でも、いったい誰のために、何を訊ねようとしているのか、自分でもわけがわからなくなりそうだ。

そのとき、迷い続ける頭の上で、ガサッ、と葉を揺らす音がした。

上の枝に先客がいたことに気づいたおけいは、その正体がカラスよりひとまわり小さな鳥だと知ったとき、驚くよりも呆れてしまった。

（まあ、閑九郎！）

いかな貧乏神の使いとはいえ、神出鬼没にもほどがある。

だが今日の閑古鳥はいつもと違った。間の抜けた声で鳴こうとせず、白くて長い眉毛の下の黒々と澄んだ眼でおけいを見つめたかと思うと、音もなく翼を羽ばたかせて、南西の空へ飛び立っていった。

「おーい」

ポカンとして黒い鳥を見送るおけいの耳に、仙太郎の声が聞こえた。

「そろそろだよぉ。可愛い魚は見えたかーい」

もう案内人が戻ってきたらしい。心残りだが娘らに話しかける暇はなさそうだ。

「はーい、向こうで三匹泳いでいましたぁ」

急いで幹を滑り下り、池の魚を眺めていた体を装いながら駆け戻ったのだった。

◉

「なるほど、そんな経緯があったのですね」

帰りの舟に揺られながら、お妙は得心してくれた。おけいが舟入茶屋の座敷で断りもなく唄った理由を、おひなとの関わりも含めて打ち明けたのだ。

「では、あのタイ姫が〈とりの子屋〉にいる女の児さんのお身内なのですか」

そこまでの確信はなかった。たまたま同じ唄を知っていただけかもしれないからだ。けれども勝手なことをすれば叱られるとわかっていながら、あえてこちらの意図に応じたのなら、タイ姫にも相応の事情があるような気がする。

あれこれと考えをめぐらせるうち、おけいは知らぬ間に例の唄を口ずさんでいたらしく、うしろにいる船頭が話しかけてきた。

「懐かしいね。巫女さんが行徳の舟唄をご存じたぁ驚いた」

行徳とは下総国にある塩田が開かれた町の名前だ。ここで作られる有名な〈行徳の塩〉を江戸へ届けるために開削されたのが、行徳川もしくは小名木川と呼ばれ、深川の町を東へ流れる大運河だった。

　その小名木川を行き来する船頭たちのあいだで二十年も前に流行った舟唄と、おけいの口ずさんだ唄が似ているというのである。

「よかったら、ちっとだけお聞かせしやしょう」

　まだ若いころ、行徳の塩船に乗っていたという老船頭が、自慢の喉を披露してくれた。たしかにおひなが唄っていたものと節まわしは同じだが、詞がまるで違っている。

「こいつが元唄ですよ。そのうち深川の船頭たちが真似をして、てんでに好みの詞で唄うようになったんでさぁ」

　船頭の数だけ異なる唄があるのだと教えられ、おけいはようやく合点した。

〈とりの子屋〉に来る前、おひなは深川で船頭の娘として暮らしていたに違いない。同じ唄を知っていたタイ姫も同じ船頭の娘――つまりおひなの姉妹と考えていいだろう。

（――でも、あのときの声と違う）

　ひとつ腑に落ちないのは、夜中の裏庭でおひながこっそり会っていた女のことだった。てっきり妹を心配した姉が様子を見にきているのだと思っていたが、生垣の向こう側から話しかけていた低くて威圧的な声と、タイ姫の少女らしい高く澄んだ声は、とても同じ人物のものとは思えない。

　あのとき庭で聞いたのは、もっと年嵩の女の声だった。はたしておひなには、タイ姫のほかに歳の離れた姉がいるのか、あるいは姉でなく母親がきていたのか……。

(今からでも遅くない。もう一度、深川の町へ行ってみよう)

そもそも、おひなから身もとを聞き出すのは、〈とりの子屋〉の仁蔵に依頼された大切な役目だったはずなのに、中途半端なまま店を去ることになってしまった。このやり残しが、喉の奥に引っかかった小骨のようにチクチクと、おけいの心の片隅で小さな痛みを訴え続けているのだ。

閑古鳥が飛び去った方角には淡路屋がある。弥次郎夫婦を訪ねて、どのあたりに船頭たちが多く住んでいるのか聞いてみるのがいいかもしれない。

折しも舟は、竪川と六間堀川が合流する松井橋にさしかかろうとしていた。


大小の川と堀とに区切られた深川の町を、おけいは足早に歩いていた。

松井橋の下で舟を降り、お妙と仙太郎がそのまま両国方面へと下ってゆくのを見送ったのち、ひとりで淡路屋を目指すことにしたのだ。

三月半ばの団子祭りが終わって以来、六間堀にきたのは初めてだった。

堀の両岸には葦や茅萱など丈の高い草が青々と茂り、これから夏に向かって伸びようとしている。子供並みに小柄なおけいの背丈など、すぐに追い越してしまうだろう。

角地にある淡路屋の店先はさっぱり片づいていた。まだ七つ（午後四時ごろ）にもならない時刻だったが、人気の〈にぎり団子〉はとうに売り切れたとみえる。

「ごめんください」

「こいつはびっくりだ。おけいさんか！」

明日の仕込みにかかっていた店主の弥次郎が、大げさに驚いてこちらを見た。

「オレたちが会いたがっているって、誰に聞いたんだ？」

誰にも聞かない。思い立ってきただけだが、ちょうど弥次郎のほうでもおけいに伝えたいことがあって、今朝の早いうちに出直し神社を訪ねたらしい。

「お久美に案内してもらったんだが、子猿みたいな婆さまに、あんたは八丁堀の旦那の家にいるから、用があるならそっちへ行けって言われたんだ」

用があるのは本当だが、八丁堀の役人宅まで押しかけるのは腰が引けたので、とりあえず店に戻り、あとで地元の岡っ引きにつなぎをとってもらうつもりだったという。

「とにかく会えてよかった。前にあんたが探していた女の児のことで、やっと昨日の客から手がかりがつかめたよ」

おけいが深川を去ったあとも引き続きおひなのことを調べてくれたらしく、小名木川に近い猿江町の長屋に、それらしい女の児がいたことが知れたのである。

弥次郎はいったん奥の部屋に入ると、一枚の紙を手にして戻った。

「あまり絵は得意じゃないが、客の話をもとにこんなものを描いてみた」

渡された半紙には、えらの張った四角い顎と太い眉、口を横一文字に結んだ、いかにも強情そうな子供の顔が描かれていた。

「そう、この子です。わたしが知っているおひなさんです」

弥次郎が聞いた話によると、おひなの父親は吉次といって、やはり生業は船頭だった。若いあいだは廻船問屋の船に乗っていたようだが、陸に上がって所帯持ちとなってからは、元町あたりの船宿に雇われ、小舟の船頭として働いていたらしい。

吉次と若い女房とのあいだには年子の娘たちがいて、上の娘が小夜、下の子がひなといった。お小夜はおとなしいが近所でも評判の器量よし。男まさりのおひなは幼いときから父親のあやつる舟に乗って、船頭の真似ごとをしていたという。

つつましくも幸せだった船頭一家の暮らしが一変したのは、昨年秋のことだ。江戸中を震撼させた流行り風邪に、家族そろって罹患したのである。

吉次と二人の娘はほどなく床上げしたが、まだ若かった女房が亡くなった。それに気を落としたのか、いったんは回復したはずの吉次も再び床につき、やはり帰らぬ人となってしまった。夫婦に親戚と呼べる縁者はなく、そのときまだ十二歳と十一歳だった姉妹は、長屋の差配の手でどこかへ連れていかれたという。

「どこかへ、というと……」

「たぶん、お救い小屋だろう」

お救い小屋とは、火事や洪水、疫病などの大きな災害のあとで、親を亡くした子供や、寄る辺ない年寄りを一時的に引き取って世話をする場所であり、昨年の流行り風邪の際にも、寺社地や火除け地などに多くのお救い小屋が建てられていた。

いったん保護された子供らは、あらためて親類縁者のもとへ行くか、身寄りのない子を育ててくれる寺に割り振られることになる。もう世間に出してもやっていけると見なされた子は、お店や職人の見習いとして奉公先を紹介されるのだった。

吉次の娘のおひなも、一度はどこかのお救い小屋で世話になり、それから奉公先を探して〈とりの子屋〉にたどり着いたということだろうか。

（でも、ちょっと違う気がする。お救い小屋から奉公に出るなら、世話人があいだに立ってくれるはずだし、自分の素性を隠す必要なんてないはずだもの）

腑に落ちないことはまだあった。おひなの母親がすでに他界し、年子の姉が一人しかいないとすれば、真夜中の裏庭で話していたあの女は、いったい何者だったのか――。

「そんな難しい顔するなよ」

考え込んでしまったおけいの頭を、弥次郎の手が軽く叩いた。

「もっと詳しく知りたいなら、おひなって子がどこのお救い小屋にいたのか調べてやるよ。ついでに話も聞いてきてやるから」

「えっ、でも……」

忙しい団子屋の店主を、使い立てするのはいかがなものか。

「いいってこと。どのみちお救い小屋まで行くついでがあるんだ」

深川の団子屋仲間は、去年の秋にお救い小屋が建ったころから、交代で差し入れをしていた。前々から喜捨を心がけていた店主らが、流行り風邪で親を亡くした子供を元気づけようと仲間に呼びかけ、持ちまわりで団子を届けることになっていて、ちょうど明後日の四月三日は、淡路屋が差し入れをする番に当たっているという。

「うちは猿江御材木蔵の側にあるお救い小屋へ行くんだけど、おひなって子も猿江町の長屋に住んでいたんだろう」

だったら一番近いそのお救い小屋に引き取られたはずだと聞いて、おけいは今すぐにでも猿江町へ行ってみたくなった。

「まだ日暮れまで間があります。今から訪ねてもいいでしょうか」

「あんた一人で行っても相手にされないだろうな。あすこの番人ってのが、おっそろしく愛想の悪い女なんだ」

相手の顔を思い出したのか、弥次郎は思い切り眉間に皺をよせた。

「そもそも猿江町のお救い小屋には妙に厳しい決まりがあって、特別な許しがなけりゃ中に入れてもらえない。オレたちだって初めのうちは、柵の外から番人に団子を渡して帰るだけだったんだから」

そこに待ったをかけたのが、団子屋仲間の総代で、京生まれの浮橋屋店主だった。

『あきまへん。世間には横着者がぎょうさんおりまっせ。団子の包みを番人に丸投げして帰るだけやったら子供の使いと一緒やがな』

耳慣れない京言葉はともかく、浮橋屋が言いたかったのは、お救い小屋の番人が差し入れを横流ししないとも限らないので、せめて団子が子供らの口に入るところを見届けろということだ。

結局、猿江町のお救い小屋を建てたという奇特者のもとを浮橋屋が訪ね、差し入れの団子は自分たちの手で子供たちに配ることで話がついたのだった。

「その奇特な方が、どこのどなたかご存じないですか」

「さあて、そこまでは聞かなかったな。とにかく小屋へ行くのは明後日まで待ちな」

三日の夕方に淡路屋で待ち合わせ、団子屋仲間の一員として、お救い小屋まで同行させてもらえることになった。

◉

おけいが八丁堀に戻ったのは、まだ西の空に日が残っている時刻だった。

暮れ六つまで暇をもらっていたのだが、淡路屋を出た途端、お銀が自分の帰りを待っているような気がしてきて、寄り道もせずに駆け戻ったのだ。

「ただいま戻りました」

「おかえり。早かったですね」

役宅に入ると、誰もいないと思っていた台所に赤鬼が座っていた。それがお銀だとわかっていても、鬼の顔で包丁を握る姿を見れば、つい後ずさりしそうになってしまう。

「もっとゆっくりしてくればよかったのに。夕餉(ゆうげ)の支度なら心配いらないと言っておいたでしょう」

そう言うお銀のまわりには、土臭く、けれども爽(さわ)やかな独特の香が漂っていた。見れば流しの上で、ゴボウのささがきが桶(おけ)の水にさらされている。

「新ごぼうですか」

「お隣の女中が、おすそ分けだと言って置いていきました。せっかくですから、きんぴらでも作ろうと思って」

「お手伝いいたします」

では今のうちに胡麻(ごま)を炒(い)ってくれと頼まれ、七輪に火をおこして焙烙(ほうろく)を用意する。

焙烙とは穀物や胡麻を炒るときに使う、底の平たい素焼きの鍋のことである。

胡麻を少しずつ焙烙鍋に入れて火にかけると、ほどなくプチン、パチン、と小さな音をたてて実がはじける。二、三粒はじけたらすぐ火から下ろすのが鉄則だ。次々に実をはじけさせてしまっては、炒りすぎになって美味しくない。

おけいは七輪の上で注意深く焙烙鍋を揺り動かしながら、そのかたちが似ていることから、焙烙頭巾と呼ばれる丸く膨らんだ頭巾の老爺を思い出した。

（たしか、塩土の翁……だったかしら）

もう七十の坂は超えているだろうに、世間の流行りに乗じて洒落た舟入茶屋を考えるなど、欲とは縁のなさそうな笑顔に似合わず、大した商いの手腕である。

「おけいさん。焦げ臭いですよ」

「あっ、いけない！」

焙烙の中の白胡麻が、あっという間に黒胡麻になっていた。


その晩も丑之助の帰りは遅かった。

〈わたつみ党〉の動きを封じるため、不審な奉公人を置いている店はないかと訊ね歩いた結果、町の衆から続々と情報が寄せられるようになっていたのだ。

「いや、参ったよ。わざわざ知らせにきてくれるのはありがたいが……」

玉石混淆の内容に、丑之助たちは振りまわされていた。たとえば○○屋に見慣れない奉公人がいるとか、近ごろ××堂が雇った若い女中は目つきが悪い、等々、さしたる根拠のない話が大半である。

それでも聞いたからには捨て置くことはできない。なかには本当に怪しげな話もちらほらまじっていることから、その日の仕事を片づけたあとに、岡っ引きたちと手分けして確認に向かう。そして、やっぱり無駄足だったと知れるころには、五つ（午後八時ごろ）を過ぎてしまうのだった。

（どうしよう。今日はやめておいたほうがいいかしら）

いつになく愚痴をこぼす丑之助を前に、おけいは迷っていた。

〈とりの子屋〉のおひなのことを相談したかったのだが、疲れた顔できんぴらを咀嚼する姿を見ていると、自分まで不審な奉公人の話を聞かせるのは申し訳ない気がする。

「ごちそうさん。美味かったよ。明日も早いから、もう休む」

寝間へ引き上げようとする丑之助を見送りかけたとき、ふすまの向こうから声がした。

「さっきの女の児さんのこと、今のうちに話しておしまいなさい」

「お銀さま……」

じつは丑之助の帰宅を待つあいだ、いつものように鬼の面作りを教わりながら、おけいは請われるまま舟入茶屋で過ごした夢のようなひとときをお銀に語り聞かせた。ついでにおひなとの関わりも話したところ、それは丑之助の耳にも入れておくほうがよいと助言を受けていたのである。

「なんだい、さっきの女の児とは」

こうなったら仕方がない。再び座した丑之助にすべてを打ち明けることにした。

〈とりの子屋〉と関わるきっかけとなった、たまご売りとの出会いにはじまり、女中見習いのおひなから身もとを聞き出すよう店主の仁蔵に頼まれたことや、〈そなたの母〉の騒ぎが終わって店を去ったあとも、おひなについて調べていたことなど。

長い話を黙って聞いていた丑之助は、おけいが語り尽くしてからもしばらく口を閉じていた。両目をつぶり、腕組みをしたまま動かない姿に、もしや疲れて寝てしまったのではないかと心配になるころ、ようやく目と口が開く。

「そうか。須田町市場の〈とりの子屋〉か」

寝ていたのではない。牛の旦那は頭の中で今の話を咀嚼していたのだ。

「たしかに派手な客寄せで知られた人気店だが、奉公人として働いているのは、店主と同じ寺で育った者が大半だ。奥方のとさか太夫についてきた宮地(みやち)芝居の連中にしても、すでに十年来の古株で、盗賊のまわし者が入り込む余地はないと思っていたが……」

素性の知れない女の児が店にいることは初耳だったらしく、なるべく早く立ち寄って、店主に話を聞いてみると約束してくれた。

◎

翌朝、いつものように掃除と洗濯を終え、鉢植えに水をやろうと表庭へ出たおけいは、木戸門の向こう側でこちらをのぞいている人影と目が合った。

「あなたは……」

「やれやれ、よかった。おけいさんだ」

安堵の声を上げたのは〈とりの子屋〉のおヨネである。

「ここが依田さまのお宅で間違いなさそうですね。入れてもらっていいですか」

店主からの届けものを持参したという老婆は、案内された台所で背中の荷物をおろしながら、さっき丑之助が店にきたことを告げた。

昨晩おけいが打ち明けた事柄について、さっそく店主の仁蔵に確認を取りに行ってくれたらしく、見習い女中のおひなが初めて店にきた正しい日付と、その後の気になる言動などについて詳しく訊ねたあと、本人にも会って話を聞き出そうと試みたらしい。

「おひなさんは何かしゃべったのですか」

「まさか。あれはそれほどヤワな子じゃありませんよ」

大柄な同心の前に引き出されたおひなは、普段にも増して口をかたく引き結び、何を聞かれても答えようとしない。どうしたものかと丑之助が途方にくれているところへ、下っ引きの留吉が血相変えて飛び込んできたという。

「なんでも小伝馬町(こでんまちょう)の商家に怪しい手代(てだい)がいて、盗人(ぬすっと)と連絡を取り合っているって知らせが舞い込んだそうですよ」

今度こそ当たりだ。〈わたつみ党〉の手先に違いない。などと息巻く留吉の手で引き立てられるように、丑之助は小伝馬町へ向かった。

慌ただしく走り去る同心を見送った店主の仁蔵が、こんなときこそ精のつくものを差し入れようと思いつき、八丁堀の役宅へ使いを差し向けたわけだ。

おヨネが蓋を開けて見せた木箱の中には、立派なたまごが詰まっていた。

「自慢じゃないけど、お店の中であたしが一番ヒマなんですよ。日に何度か店先でたまごを焼くだけで、大した仕事はしていないんですから」

かつて生き別れの母親を騙ったおヨネだったが、本当は赤の他人であることを白状したあとも獅子丸の厚意で裏長屋に暮らし、〈とりの子屋〉で働いている。

「若旦那はもちろん、旦那さまも、とさか太夫も、番頭の三十治郎さんたちも、本当にいい人ばかりですからねぇ。怖い盗賊に目をつけられているのが他所のお店だとわかって、あたしゃ安心しましたよ」

「ええ、そうですね」

相槌を打ったものの、おけいは釈然としなかった。

狙われているのが〈とりの子屋〉ではないとしたら、おひなも盗賊の手先などではなかったということになる。では、これまで見聞きしてきたことは、すべて自分の思い過ごし、つまり取り越し苦労にすぎなかったのだろうか。

「よかった、よかった。おひなさんへの疑いも晴れた」

こちらの心を読んだかのように、おヨネが明るい声で言った。

　立派なたまごを見たお銀は、半分を隣家におすそ分けするようおけいに頼んだ。

「行ってまいりました、お銀さま」

「どうでした。喜んでいただけましたか」

　あまりの大きさに、アヒルのたまごみたいだと琴音が驚いていたことを伝えると、赤鬼の面が満足そうに縦に動いた。

「いつもいただくばかりで、心苦しく思っていたのです。あちらさまには珍しくもないでしょうけど」

　隣の近藤家では、当主が代々組頭を務めるだけあって、依田家とは比べものにならないくらい到来物が多い。見まわり先の商家から頻繁に届けられる初ものや旬の食材が、うなるほど物置に蓄えられているとやっかみを言う者もあるが、実際は奥方の琴音が惜しげもなく近所に配ってしまうため、食材がうなりだすには至っていない。

「お隣に変わりはありませんか。あなたは琴音さんと近づきになったようですけど、あの方は人が好いというか、なかなかのお節介ですからね」

　また他人さまの世話を焼いているのではないかと問われ、おけいはぎくりとした。

（もしや、あのことにお気づきなのでは……）

琴音の声は大きい。行儀見習い中のカメの名を呼ぶ声が塀越しに聞こえていたとしても不思議ではなく、そもそも養女の話がお銀に知られてしまったのも、琴音の声が大きすぎたせいだろうと、おけいは密かに思っている。

「せっかくの頂きものですから、今晩はたまごを使ったお菜にしましょう。あなたは前に〈とりの子屋〉で、面白い料理を教わったと言っていましたね」

「はい。さっきお使いにきてくださったおヨネさんの直伝です」

おけいが覚えていた〈ふくふくたまご〉の作り方を書き取ると、お銀は今のうちにひとつ焼いてみたいと言いだした。

「では七輪と底の平たい鍋をご用意ください。菜箸は多めにお願いします」

七輪の火熾しはおけいが引き受けた。お銀はいそいそと底の平たい鍋を探し、菜箸と、それから塩と砂糖壺も横において、主役のたまごをひとつ手に取った。

「なんて立派なたまごでしょう。こんな大きなものは見たことが――あっ！」

思いがけない悲鳴に、おけいが七輪の前で顔を上げたとき、座敷で卵を割っていたお銀の身体が、うしろへのけ反るように倒れようとしていた。

「お銀さまっ」

完全に気を失ったわけではない。おけいが駆けつける前に自らの力で上体を起こすと、右手で鬼の面を押さえ、左手を懸命に伸ばして訴えた。

「あ、あれを……早くあれを捨てて。ああ、なんて忌まわしい」

　震える指先が示していたのは、たまごを割り入れた片口の器だった。

　その中には黄身がふたつ――双子のたまごが入っていた。


「そうか。そんなことがあったか」

　木戸門の内側で、丑之助が悄然とつぶやいた。帰りを待ちかまえていたおけいから、お銀が気を失いかけたことを聞いたのだ。

「いま、母上は？」

「寝間で横になっておられます。お夕食は召し上がっていませんが」

　とくに身体の具合が悪いわけではないと言い添えても、丑之助は悲痛な顔でため息をつくばかりだった。

「よもやたまごを見て倒れるとは……」

　正直なところおけいも驚いた。双子を嫌っていることは重々承知しているつもりだったが、たまごの双子も駄目だとは思わなかった。これはもう好き嫌いの域を超えているのではなかろうか。

「弱った。やはり強引に話を進めるべきではなかったかな」

　丑之助はすっかり弱気になっていた。

十八歳で家督を継いで以来、定町廻り同心として亡き父親の代わりが務まるよう、八方手をまわして支えてくれたのが母親のお銀である。その意向に逆らって、内密に結婚話を進めるような真似など、本当はしたくなかったのだろう。

とはいえ、丑之助だけが自責の念にかられるのも、また違う気がする。

カメも丑之助も、もう十分すぎるほど待った。お銀とて二人の仲を反対し続けて楽しいはずはなく、恐らくは心の中で自分とせめぎ合っているのだろう。

五つの鐘が響いても、丑之助は木戸門の内側に立ったまま考えに沈んでいた。

そのうち考えることに疲れたのか、おけいを相手に別の話をはじめた。

「今朝、〈とりの子屋〉の女中見習いに会ってきたよ」

何を訊ねても答えようとしない女の児の扱いに困っているところへ、小伝馬町の商家に不審な手代がいるという報せが入り、急遽そちらへ向かうことになったくだりは、すでにおヨネから聞いていたとおりである。

小伝馬町の不審な手代とやらも、半年ほど前に口入れ屋を介すことなく雇われていた。奉公人の割には言葉づかいや物腰が横柄で、お店者らしく見えないばかりか、真夜中の裏庭に忍んでくる何者かと、こそこそ話しているところを店の者に見られている。

聞けば聞くほど疑わしい手代を、丑之助が番屋まで連れて行こうとすると、店の主人が大慌てで真相を打ち明けた。

「なんてことはない。その手代は店主の隠し子だったのさ。どこのお店に奉公させてもしくじってばかりで、仕方なしに素性を隠して自分の店に連れてきたわけだ」

夜中にこっそり会っていた相手も、手代が前の奉公先で手をつけた下働きの女で、盗賊とは何のつながりもなかったことが知れた。

「では、どこのお店が狙われているのか、まだわからないのですね」

丑之助が渋い顔でうなずいた。無駄足を踏まされたのは今回だけでなく、次から次へと舞い込んでくる不審な奉公人の報せは、怪しそうに見えて決め手に欠けるものばかりだった。まるでこちらの目を惑わせるかのように……。

「そんなわけだから、まだ〈とりの子屋〉が安心とは言えない。——おけいさんは、明日、深川のお救い小屋へ行くのだったな」

「はい。こんなときに申し訳ないのですが」

「母上のことは組頭の奥方に頼んでおこう。今はおひなのほうが気がかりだ」

できれば自分も同行したい口ぶりだったが、またしても目新しい報せが番屋に寄せられたばかりで、明日も聞き込みが忙しくなるらしい。

「昨年〈わたつみ党〉が押し入った件で、新しい手がかりが見つかったのさ」

番頭に付き添われてやってきたのは、日本橋の長崎屋と隣り合わせた店の小僧だった。

奉公に嫌気がさした小僧は、真夜中に裏庭から逃げ出そうとして、隣家の下働きと思われる女の児が、庭の隅で女と話しているのを見たのだと打ち明けた。

何を話していたのかはわからない。ただ、用がすんで店へ戻ろうとした女の児に、女が念押しする声が少しだけ聞こえたという。

『いいね、おせつ。けっして店の連中と口をきくんじゃないよ。もし妙な気なんて起こしたら、あんたの友だちが――』

その数日後、長崎屋に盗賊が押し入って、女の児も奉公人たちと共に殺された。

結局、店に居残った小僧は、自分が逃げようとしたことも含めて誰にも話せずにいたが、そのうち黙っていることも重荷になり、今日になって番頭に打ち明けたのだった。

「どうだい。聞いたような話だと思わないか」

以前おけいが〈とりの子屋〉の裏庭で見た、おひなと謎の女とのやりとりに似ている。

「大した手がかりではないかもしれん。でもな、盗賊どもに利用され、無残にも斬り捨てられた『おせつ』という女の児の名前を、俺はこの胸に刻むと決めた」

「――はい」

絶対にその名を忘れてはいけない。おけいもかたく心に誓った。

◉

四月三日の夕方。約束どおり淡路屋を訪ねると、店の中で弥次郎が待っていた。

「じゃあ行こう。荷物はこれひとつだからオレが持つよ」

おけいが抱えようとした風呂敷包みを、弥次郎が片手に提げて歩きだす。

流行り風邪が蔓延した直後は、深川だけでも五か所にお救い小屋が建てられたと聞いているが、半年が過ぎた今でも残っているのは、十万坪の大百姓が寄進した畑の中の一軒家と、これから向かう猿江御材木蔵の前に建てられた丸太小屋のふたつだけである。暮らしている子供の数も、それぞれ十数名まで減ったという。

「小屋まで四半時（約十五分）ほど歩くから、今のうちにおさらいしよう」

あらかじめ決めておいた段取りについて確認しながら、一本道を東へと向かう。やがてあたりの景色が町人地から武家地へ変わり、さらに土色の田んぼへと移りゆく中に、頑丈そうな柵に囲まれた建物が見えてきた。

「あれがお救い小屋だ。誰が建てたのか知りたがっていたよな」

「調べていただけたのですね。ありがとうございます」

「大した手間じゃない。浮橋屋さんに教えてもらったんだけど、子供らのために大枚を使ったのは、竪川沿いで茶屋を営んでいる爺さんだそうだ」

本名は誰も知らない。まわりの者から〈塩土の翁〉と呼ばれているという。

（やっぱりそうだ。あの優しそうな舟入茶屋のご老人が……）

お救い小屋で引き受けた年端のゆかない子供を、自分の茶屋のお運びとしてこき使っているのだとしたら、これはもう奇特者などではなく、ただの業突張りである。

「ほら、子供らが見ている。団子の差し入れがある日を知ってるんだよ」

小屋のまわりに張り巡らされた柵の向こう側から、数人の子供たちが真剣な面もちで、弥次郎の提げた風呂敷包みを目で追っていた。見たところ十歳前後の女の児ばかりで、どの子も思っていたより小ざっぱりした格好である。

「ごめんください。団子屋仲間の淡路屋でございます」

柵の外から声をかけると、すぐに小屋の戸が開いて恰幅のよい中年女が現れた。

「ああ、団子屋ね……。ふぁぁ、毎度、毎度、ご苦労なこった」

女は生あくびを嚙み殺しながら、柵の扉にかけられた錠を開けてくれた。

「入っておくれ。――ほらおまえたち、団子がきたよ」

声をかけるまでもなく、小屋の中にいた幼い子供らと、柵にとりついて見ていた女の児たちが、先を競って弥次郎とおけいのまわりに群がった。

「ちょうだい、ちょうだい」

「あたいにもおくれ」

四方八方から伸びてくる小さな手に、団子の串を二本ずつ渡してゆく。

「わあ、今日はにぎり団子だぁ」

「えー、三色の花見団子がよかったのにぃ」

口いっぱいに団子を頬張った子供らが、好き勝手なことを言ってはしゃいでいる。

〈とりの子屋〉のおひなが淡路屋のにぎり団子を知っていたのも、ここで差し入れを受けていたからだろう。

「そうそう、お小夜ちゃんとおひなちゃんてぇのはどの子ですかね」

いかにもさりげなく、弥次郎が番人の女に訊ねた。

「二人とも、ここで世話になっていると聞いたんだが」

途端、気だるそうにゆるんでいた女の背中に、ピンと緊張の糸が張った。

「お小夜とおひな……。あんた、あの子らの身内かい」

身内ではない。猿江町の長屋に知り合いがいて、隣に住んでいた船頭の遺児がここにいると聞いて心配している。今日は差し入れのついでに姉妹の様子を見てきてくれと頼まれたのだ、などと、前もって用意しておいた作り話を聞かせる。

ふうん――と、探るような目を向けた女だったが、おもむろに一本残っていた団子の串を横に咥え、乱暴に食いちぎりながら言った。

「残念だったね。あの姉妹だったら、ここを出てってそれっきりだよ」

去年の師走、夜中にこっそり小屋を逃げ出したらしく、朝になったら二人の姿が消えていたという。

「馬鹿な子らだよ。ここにいれば三食のおまんまにありつけるし、暖かい夜具もある。着るものまで面倒をみてもらえるっていうのにさ」

　ひと月近く世話になっておきながら、礼も言わずに出て行くとは恩知らずな子供だと、女は自分の目を盗んで逃げた姉妹を口汚く罵った。

　その後、お救い小屋を建てた〈塩土の翁〉が、逃げた子供たちが外で危ない目に遭ったり、あるいはものを盗んだりして近隣に迷惑をかけることのないよう、すぐさま小屋のまわりを頑丈な柵で囲ったのだという。

「なるほど、神さまみたいなお方だな。でも、あんたもえらいよ。一日中ここで子供らの面倒をみているなんて生半可なことじゃなかろうに」

　弥次郎の放った同情の矢は、みごと女の心の真ん中を射ぬいた。

「嬉しいことを言ってくれるねぇ。だいたい女の児ってのは口が達者で――」

　女がおしゃべりに興じてくれれば、ようやくおけいの出番である。

　とうに団子を食べ終え、物珍しそうに巫女の衣装を眺めたり触ったりする子供らのなかに、さっきから物言いたげな視線を送ってくる十二歳ほどの女の児がいる。

　おけいは白衣の袖から鬼の面を取り出すと、手早くかぶって大声を上げた。

「がおーっ、オニだぞぉ。悪い子はいないかぁ」

「うわぁ、へんてこなオニだ！」

　桃色に塗られた笑い顔の鬼を見て、子供らもいっせいに大笑いする。

「早く逃げないと捕まえて食べちゃうぞぉ。がおーっ」

子供らが大喜びで柵の中を逃げまわり、桃色の鬼が追いかける。ぐるぐる、ぐるぐる、柵の内側に沿って鬼ごっこを続けたおけいは、できるだけ小屋から離れたあたりで狙いを定め、さっきの女の児に背後から抱きついた。

「捕まえたー。さあ、次のオニになりたい子はいる？」

「あたし、あたし！」

いかにも元気そうな七歳くらいの女の児が鬼の面をかぶって走りだし、ほかの子供たちが逃げまわる。その賑やかな声に紛れて、おけいは腕の中にいる女の児にささやいた。

「なにか話したいことがあるのね」

女の児は柵の外を向いたまま、かすれた声を出した。

「さっき、番人さんは嘘をついた。おひなちゃんたちは逃げたんじゃない」

「わかった。本当のことを教えてちょうだい」

小さくうなずいた女の児は、おけいに抱きかかえられたまま早口にしゃべった。

「お小夜ちゃんは、夜のうちにどこかへ連れて行かれたの」

当然おひなは、姉をどこにやったのだと騒いだ。すると番人の女が、お小夜にはよい奉公先が見つかったから心配するなと、ほかの子供たちにも聞こえるように言った。

それからひと月ほど経った深夜のこと、今度は寝ているおひなが番人に揺り起こされ、無理やり連れて行かれそうになった。気の強いおひなが手向かいしようとすると、番人は凄(すご)みのある声で脅したという。

『静かにおし。言うことをきかないと、お小夜がひどい目にあうよ』

そのひと言でおひなは静かになり、二度と小屋には戻ってこなかった。

隣で寝たふりをするのが精一杯だったという女の児は、夜に紛れて連れ出されたのが、おひなたち姉妹だけではなかったことを涙声で訴えた。

「二人の前にも、おせつちゃんがいなくなった」

「おせつ……」

その名前には覚えがあったが、おけいは黙って女の児の話に耳をかたむけた。

「あたし、おせつちゃんと同じ日にここへきた。だからとても仲よしになったの。おせつちゃんは同い年だけど、いつも姉さんみたいにかばってくれて、いつかここを出て、別々のお店に奉公することになっても、きっと居場所を知らせるからって。ずっと仲よしでいてくれるからって、約束したのに……」

おせつは夜のあいだに姿を消した。遠くのお店に女中見習いとして奉公したと番人の女に教えられたが、どうして信じることができようか。

せめてもう一度、おせつの元気な顔を見るまでは、夜もぐっすり眠れないと訴える女の児を、おけいは抱きしめることしかできなかった。

「ああ、依田さま。よかった、やっとお会いできた」

おけいが内神田の町中を探しまわり、ようやく豊島町の番屋で丑之助を見つけたとき、時刻はすでに暮れ六つを過ぎていた。

お救い小屋の女の児から聞いた話を伝えると、丑之助はすぐさま立ち上がった。

「これから〈とりの子屋〉へ行く。権造親分にもそう伝えてくれ」

番屋の男に言い残して走りだす背中を、おけいも額の汗をぬぐって追いかける。

須田町までは八町余りの道のりだった。走ってきた勢いのまま市場通りへ入ろうとした目の前に、横あいから小さな老婆が飛び出して道をふさいだ。

「危ないっ、どいてくれ！」

声を荒らげる定町廻り同心を恐れもせず、老婆は両腕を広げて通せんぼをした。

「牛の旦那らしくありませんね。急がばまわれと言うじゃございませんか」

「なに……」

「お気づきではないようですが、何日も前からお店の前を見張っている人たちがいます。こっそり路地裏を通って、あたしの長屋でお待ちいただけませんか」

ぐうの音もない丑之助を見上げて、〈とりの子屋〉のおヨネ婆さんが笑った。

裏長屋の四畳半は、男二人が向き合っただけでも窮屈に見えた。

「急を要することだ。早く頼む」

「も、もちろんでございます。いま家内が連れてまいりますので」

焦りを隠さない丑之助の前で、〈とりの子屋〉仁蔵の頑丈そうな顎が小刻みに震える。

おけいは台所の土間に立ち、おヨネと並んでそのときを待った。

やがて、裏庭に面した奥の戸を開けて、とさか太夫が現れた。そのうしろに隠れているのは、青い顔をした女中見習いのおひなである。

「前置きは抜きだ。いいな、よく聞けよ」

太夫にうながされて座した女の児に、丑之助が真っ向から訊ねた。

「おまえ、悪いやつらに命じられているな。〈とりの子屋〉にもぐり込み、店の中のことをあれこれ調べたうえで、定められた日の夜に内側から戸を開ける。さもなければお小夜をひどい目にあわせると脅された。そうだろう」

ひくっ、と、おひなの身体が大きな吃逆でもするように揺れた。続けて何度もしゃくりあげ、嗚咽をもらしながらも、口は一文字に結ばれたままである。

「おせつという女の児が、おまえと同じお救い小屋にいたはずだ」

またしても、おひなの身体が大きく揺れた。

「おせつも同じ役目を負わされた。言いつけどおり日本橋の商家で働き、あれこれ調べてつなぎ役に伝え、夜中に店の戸を開けた。そして真っ先に斬られたんだ」

内蔵から金子が盗み出され、店主から奉公人の小僧に至るまで一人残らず惨殺された。お救い小屋の子供が盗賊の手先として使われたのだと、手加減なしの事実を突きつけられ、おひなが震える声をあげた。

「そんな、嘘だ。おせつちゃんが斬られたなんて」

「嘘ではない。このままだと、おまえもおせつの二の舞になる」

それでもおひなは、首を激しく横に振って拒んだ。

「ダメだ。だって、あたいがしゃべったりしたら、姉ちゃんが――」

「お小夜はきっと俺たちが助けだす。もう居場所もわかっている」

「ほ、本当に?」

「本当です。わたしがこの目で見てきました」

黙っているのが我慢できなくなったおけいに、竪川沿いの茶屋で自分と同じ舟唄をうたう小柄な娘に会ったと聞かされ、おひなの両目から涙がぽろぽろこぼれ落ちる。

「大丈夫ですよ。あなたは悪くありません。きっとまたお姉さんと会えますから、ここにいる人たちを信じて、話しておしまいなさい」

とさか太夫にも優しく励まされ、頑なだった女の児がようやく語りはじめた。

「怖いおばさんに言われたんだ。須田町の〈とりの子屋〉へ行って雇ってもらえ。断られても絶対に引き下がるなって」

その後のことは、さっき丑之助が言ったとおりだった。店の間取りや内蔵や鍵のありかなどを調べて、つなぎ役に知らせるよう命じられた。

「誰とつなぎをとっていたんだ。お救い小屋の番人か？」

「番人じゃない。怖いおばさんが、いろんな格好であたいに会いにきた」

初めて店の裏庭に現れたとき、つなぎ役の女は薪売りの姿をしていた。その次は納豆売りに化け、三度目は紙屑買い(かみくず)の格好だった。そして、四度目に現れたときには、たまご売りだった獅子丸の母親を騙り(かた)、裏長屋に住みついたのだと聞いて、その場にいた全員の目が、土間にいるおヨネへと向けられた。

獅子丸の母親になりすまそうとした当人は、苦笑いを浮かべて否定した。

「あたしじゃありません。お貞さんのことでございましょう」

もう一人の〈そなたの母〉の名前がでた途端、おひながブルッと身を震わせた。

きっとお貞は、押し込みの当日まで、おひなを見張るのに都合のよい〈とりの子屋〉の裏長屋に住みつき、あわよくば店主の仁蔵に目をかけられている獅子丸からも情報を引き出そうとしていたのだ。そして本当の母親ではなかったと知れたとき、いち早くその場から消えたものと思われる。

「わかった。だが肝心なのはここからだ」

丑之助は背を丸め、目の前にいる女の児の青い顔をのぞき込んだ。

「もう日取りは決まっているのか。おまえが店の内側から戸を開けて、盗賊を呼び入れる日のことだ」

おひなのかすれた声が『決まっている』と告げた。

四月四日の夜明け前に、表戸の前で待つように言われた。トントントン、と、三回続けて戸を叩く音が聞こえたら、心張り棒を外す手はずになっているという。

「な、なんと――」

仁蔵がその場で立ち上がった。四月四日といえばもう明日である。しかも夜中ではなく未明に押し入られるとは、予測すらしていなかった。

「それが〈わたつみ党〉の手口ですよ」

醒めた声で語るのは、静かに成り行きを見守っていたおヨネ婆さんだった。

「押し入った先であっという間に仕事を終えますとね、自分たちの殺した奉公人の着物を身につけるのです。そうしているうちに木戸が開く時刻になったら、お店者のふりをして堂々と逃げ去るのでございます」

おヨネの口調は淡々として、たまごの焼き方を教わったときとは別人のようだった。

それにしても、なぜ旅籠や遊郭でまかないをしていたはずの老婆が、盗人の手口に精通しているのか。

「あんたは、いったい――」

何者なのかと丑之助に問われるより早く、先手を取っておヨネが言った。

「さあ、ぐずぐずしちゃいられません。牛の旦那はお奉行所の上役にご報告なさるのでしょう。あたしも大急ぎで殿さまのもとへ参りませんとね」

それではみなさま、ごきげんよろしゅう――。そう言い残して長屋から出て行ったきり、二度と〈とりの子屋〉に戻ることはなかった。

●

「やられたよ。まさか火盗改め(かとうあらため)の間者(かんじゃ)だったとは……」

未明の大捕りものが一段落した日の夕方、久しぶりで早めに帰宅した丑之助が、夕餉(ゆうげ)の膳を運んできたおけいに向かってぼやいた。

「でも、盗賊を捕まえられてよかったですね」

おめでとうございます、と寿(ことほ)ぎつつ据えた膳の上には、尾頭つきのタイがのっている。このたびの働きで、南町奉行からお褒めの言葉を賜った丑之助のため、大難を逃れることができた感謝の気持ちも込めて、仁蔵が贈ってよこしたものだ。

膳の両端から頭の先と尾がはみ出すほど立派なタイに、当人は照れ笑いを浮かべた。

「祝い鯛なんて大げさだ。俺たちの手で捕まえたわけじゃないのに」

盗賊どもを一網打尽にしたのは火付け盗賊改方だった。

〈わたつみ党〉を捕縛するべく捜索を行ってきた火付け盗賊改方では、ここ一か月ほどのあいだに、次の餌食になりそうな数軒の商家を割り出していた。なかでも特に怪しい動きがみられたのが、須田町市場の〈とりの子屋〉だった。身もと不明の女の児が奉公人として働きはじめたばかりか、その女の児と接触を図ろうとする行商人までいる。そこで自分たちもお店の近くで様子を探るために間者を使ったのだ。

「しかし、よりによって、あんな婆さんを差し向けるとは……」

最後までおヨネの正体に気づけなかった己の不明を、丑之助はしきりに悔しがった。

以前、〈そなたの母〉の騙りが疑われた際、下っ引きの留吉に命じておヨネの素性を洗わせたことがあった。五、六年前まで板橋宿の旅籠、その後は湯島天神門前町の遊郭でまかない婆をしていたはずだったが、改めて調べるまでもなく、どちらも周到に用意された空話を信じ込まされてしまったのだろう。

今となってはおヨネという名前すら本名とは思えない。ひとつ確かなのは、大事な役目を任されるだけあって、じつに鮮やかな仕事ぶりだったということだ。

獅子丸の母親を騙って店の裏長屋にもぐり込み、偽者だとばれたあとも、ちゃっかりと〈とりの子屋〉の雇い人におさまった。偶然にも盗賊の一味であるお貞と同じ手段を用いたわけだが、おヨネのほうが一枚も二枚も上手だったようだ。

「おけいさん、これもお願いします」

「かしこまりました」

台所で受け取ったのは、燗をつけた銚子の膳だった。今夜は大役を果たした息子のため、お銀が念入りにタイを焼き、酒まで用意したのである。

「これはかたじけない」

普段は晩酌をしない丑之助だが、本当はいける口だ。嬉しそうに銚子を傾けながら、傍らに控えるおけいと、ふすまを隔てて聞いているはずのお銀の耳にも届くよう、未明の大捕りものの顛末を語った。


昨晩、丑之助が押し込みの情報を持ち帰ったあと、南町奉行・根岸肥前守鎮衛のもとを密かに火付け盗賊改役が訪れ、双方の役割分担について話し合いが持たれた。

根岸肥前守は、夜半に呼び集められた定町廻りたちの前で告げた。

『先に決まっていたとおり、〈わたつみ党〉の捕縛は火付け盗賊改方が行う。これから盗みに押し入る連中と、竪川沿いの茶屋に残った一味を同時刻に取り押さえるので、こちらは手出し無用。ただし、茶屋で働かされている娘らと、猿江町のお救い小屋にいる子供たちの保護については、南町奉行所が責任を持って行うものとする』

そこから先は火付け盗賊改方の見せ場だった。おヨネからの報告を受け、次に襲われるのが〈とりの子屋〉だと確信したときから、市場通りに面した青物屋の二階座敷を借り上げて、盗賊の動きを見張っていたのである。

一方、盗賊の側も準備は万端だった。〈とりの子屋〉と向かい合う商家の裏長屋を借り、決行日に合わせて少しずつ一味を送り込んでいた。

そして、四月四日の未明。東の空が白む前に、盗賊たちが店の戸を叩いた。

トントントン。三回叩いて合図をしても戸は開かない。

トントントン。トントントン。何度叩いても同じことだ。

『ちくしょう。おひなのやつ怖気(おじけ)づいたな』

『待て、念のためだ。開けてみろ』

すると簡単に戸が開いたではないか。

『よし行くぞ。用意はいいな』

盗賊たちが真っ先に斬り捨てるのは、手引きをした女の児と決まっている。

最初に踏み込んだ男が、ぎらりと光る短刀を抜いた。しかし、おひなの姿がない。

『くそガキ、どこに隠れやがった』

盗賊たちが小さな明かりを頼りに探しても見つからない。

『どうします、お頭(かしら)』

『おひなの始末はあとだ。先にほかの連中を殺ってしまえ』

酷薄な頭目の指示をうけ、盗賊たちが店座敷に上がろうとした、そのとき――。

コケコッコーッ、と、店の中に高らかな時の声が響き渡った。

『一番鶏だ！』

『まさか、もう夜が明けたのか』

盗賊たちは激しく動揺した。いつもは仕事を終えたあとで空が白みはじめるのに、どこでどう間違ったのやら。そこへ、再び――。

コケコッコーッ
『二番鶏まで鳴いた』

『どうなってるんだ』

じつは、この時の声は偽りだった。とさか太夫が得意の鳴き真似をしていたのだ。

そうとも知らず浮足立つ手下たちの姿に、頭目が素早く見切りをつけた。

『ずらかれっ』

わっ、と戸口に押し寄せ、われ先に逃げようとした盗賊たちは、外に飛び出した途端、我が目を疑った。まだ暗い店の前が、火盗改めの御用提灯に囲まれていたのである。

『ちくしょう、図られた！』

気づいたときにはもう遅く、店の奥からも捕り方が現れ、逃げ場を失った盗賊たちは、なすすべなく縄をかけられたのだった。

「それで、お小夜さんは無事だったのですか」

火盗改めの武勇伝を聞いたあと、おけいは一番の気がかりを訊ねた。

「大丈夫だ。おけいさんの話で、外蔵にいることはわかっていたからな」

舟入茶屋〈おと姫〉に火盗改めが踏み込むと同時に、町方役人の丑之助たちも、囚(とら)われていた娘たちを助け出した。

前におけいが見つけた蔵の中には、十一歳から十四歳までの女の児が六人閉じ込められていた。今回の押し込みが首尾よく運び、盗賊たちが江戸から高飛びする際には、途中の宿場で売り飛ばされることになっていたという。

お救い小屋のほうもうまくいった。番人の女は捕まり、子供たちは朝になるのを待って練馬村の西方院の別院へ移された。その昔〈とりの子屋〉の仁蔵と番頭の三十治郎が世話になった、信頼のおける子育て寺である。

「でも、おひなさんはどうなるのでしょう」

盗賊と内通した罪を問われはしないかと心配するおけいに、それも大丈夫だと丑之助が請け合った。火付け盗賊改役の恩情により、姉のお小夜と一緒に西方院へ預けられることが決まったのだ。

今ごろは姉妹で仲よく語らっているはずだと聞いて安堵した途端、出直し神社を出てくるときに授かった言葉が、おけいの胸によみがえった。

『ただし関所の番人は手強いよ。一番鶏が鳴くまで扉は開かないから――』

すでに一番鶏が鳴いた。迂闊(うかつ)にも最後まで聞かずに飛び出してきてしまったが、うしろ戸の婆は何を伝えようとしていたのだろうか。

ゴシゴシと、台所のほうからタワシを使う音が聞こえてくる。お銀が鍋を洗っているのだと気づいて、おけいは立ち上がった。

「お銀さま、洗いものならわたしが……」

「いいのです。このままあなたを引きとめておくわけにはいきませんからね」

拗(す)ねてばかりもいられない。そろそろ元の暮らしに戻らなければ、みなに迷惑をかけてしまうと言って鍋底を擦(こす)るお銀の顔は、まだ鬼の面に隠されたままだ。

おけいも自分の作った面をかぶり、そっとお銀の手からタワシを取り上げた。

怒りを孕(はら)んだ赤鬼と、大笑いをする桃色の鬼。二匹の鬼は無言で流しの前に座っていたが、そのうち赤鬼が絞り出すようにつぶやいた。

「あの子が選んだのが、あなただったらよかったのに……」

「お銀さま！」

「わかっています。愚かな母でもわかってはいるのです」

　赤鬼の面が激しく左右に打ち振られた。

　丑之助が生涯の伴侶として選んだのはカメだ。その選択が誤りだとは思っていないし、カメが美しいだけでなく、品格があって心映えもよい、申し分ない娘だということは重々承知している。それでもなお、双子だけは受けいれられないのだという。

　鬼の面の下から流れ落ちる涙を見て、おけいは常々思っていたことを口にした。

「お銀さまが双子を嫌う理由は、縁起のよし悪しだけですか」

　本当はもっと根深く、容易ならぬ事情が隠れているように思われる。もしそうだとしても、このままでは誰も納得できない。どうかそのわけを丑之助に話してほしい、と。

　再び二人は黙り込んだ。

　静かな役宅の外を風が吹き抜けたあと、深みのある声が沈黙を破った。

「あなたの言うとおりですね。こけおどしの面をかぶって誤魔化そうなど、我ながら恥ずかしい真似をしました」

　頭のうしろへ手をまわし、かたく結わえていた紐を解く。

　はらりと落ちた鬼の面の下から、少しやつれた初老の女の素顔が現れた。

「今から丑之助に話してきます。母が双子を厭う理由はほかでもない、自分も双子としてこの世に生をうけたからだと」

ようやく自分と向き合う決心をしたその顔に、おけいは軽い眩暈を覚えたのだった。

●

昼下がりの出直し神社は、相変わらず閑散としていた。

おけいに続いて笹藪の小道から這い出したお銀は、素の顔をさらしたまま、質素な枯れ木の鳥居をくぐった。

「婆さま、わたしです。お客さまをお連れしました」

古びた社殿に上がって唐戸を叩くと、中から短い応えがあった。

「おはいり」

うしろ戸の婆は白い帷子姿で祭壇の前にいた。正面に客を座らせ、おけいが斜向かいの定位置におさまるのを待って、いつもの言問いをはじめる。

「まず名前と歳を教えてもらおうかね」

「銀と申します。今年五十になりました」

「では、お銀さん。あんたの五十年の人生を、この婆に教えておくれでないか」

そう問われることは、出直し神社へ詣でることを勧めた昨晩のうちに伝えてある。

お銀は深く息を吸い込み、己の来しかたを語りはじめた。

「私は百人町の御家人長屋で生まれました。その半時ほどあとにもうひとり、女の赤子が生まれたと聞いております」

「つまりあんたは、双子姉妹の次女ということだ」

婆が面白そうに身を乗り出した。世間の習わしでは、先に生まれたほうを双子の次子と定めることが多かったのだ。

「諸説あるようですが、兄弟を押しのけて先に出てくるのは鬼の所業だからだと、後々になって養母に教わりました。とかく世間は双子を悪く言うのでございます」

両親も同じ考えだった。世間体も気になるうえに、御家人だった父親の俸禄は少なく、同時に二人の娘を育てることに不安があった。そこで母親の遠い親戚にあたる家へ、次女のお銀を里子として預けたのである。

「本当なら先に生まれた私が長女です。たまさか双子だったがゆえ、あとで生まれた妹のほうが姉として実家に残り、私が他家へ追いやられてしまいました」

口さがない大人たちの話で、自分の出生にまつわる事実を知ったときから、お銀は実の両親のもとで育てられている双子の片割れがうらやましくて仕方なかったという。

「養父も御家人でしたが、よいお役についていたので、衣食に困ったことはありません。ただ歳の近い実子が『ふたご、ふたご』と私をからかうのです」

言い返してやりたくても、養われる我が身の立場を思えば舌先もにぶる。

悔しい思いを押し殺して暮らすうち、ようやくお銀に転機が訪れた。養父がお役の都合で大坂へ移ることが決まったのだ。

「家族も大坂へ居を移し、私だけが江戸に残って別の家へ預けられました」

八歳だったお銀は、次の里親の家に着いた日から、掃除や洗濯、小さな子供らの世話に追われた。夜は裁縫を仕込まれ、針が持てるようになったと思えば大量の繕いものを任される。里子というより体(てい)のよい女中だった。

「でも、家事の合間に読み書きや、武家の娘として必要な行儀作法を教えてもらったことは、今でも感謝しています」

その里親には、とある旗本屋敷で奥女中を務める知り合いがいた。

お屋敷の御殿女中が続けざまに辞めて困っている。おたくの里子をよこしてくれないかと申し出があったのは、お銀が十四になった春のことだった。

「不安はありましたが、御殿女中になれば給金がいただける。支度金まで出ると聞いて、お受けすることにしました」

里親のもとを去るにあたり、それまでの養育の礼として、支度金の大半を置いてきた。しょせん里親は他人である。しがらみを残さないよう、返せるときに恩を返しておきたかったのだという言葉に、おけいは胸を締めつけられる思いがした。

（この人は、本当にご苦労を重ねられたのだ……）

生まれてすぐ家から出されたのは同じでも、おけいは養父母から愛情をたっぷり注がれて育った。里親との縁を『しがらみ』と言い切れるだけの厳しさは知らない。

「それで、御殿奉公はうまくいったのかい」

婆に続きをうながされ、お銀が苦い笑みを浮かべた。

「我ながら頑張ったと思います。下級の女中は辛いものですが、年季が明ければお給金をいただいて出て行ける。そう思えば耐える甲斐もございましたので」

ただ、ここにも出自にまつわる噂がついてきた。どこから話がもれたのか、双子であることが知れた途端、御殿女中としての出世の道も断たれてしまった。

「畜生腹が染まっては困るからと、私は奥方さまや姫さまのお側近くに上がることを許されませんでした。足かけ十年のお勤めでしたが、いただいた仕事は下働きだけです」

また、おけいの胸が痛んだ。自分も八歳から下働きをしてきたが、それは後ろ盾のない町人の子が生きてゆくために必要な仕事であって、武家の娘であるお銀が、十年間も下働きを続けざるをえなかったとは……。

「それで、旗本屋敷を出たあとはどうなったのかね」

「養母の知り合いのもとへ身を寄せました」

この転機が幸運をもたらした。十年前に御殿奉公を仲立ちした知人が、今度は月下老人となって、定町廻り同心との縁を取り持ってくれたのだ。

夫となった依田申之助は、仕事一筋の清廉な男だった。豊かな暮らしこそ望めなかったが、ようやく自分の家と呼べる居場所を得たことが嬉しくて、お銀は依田家のために尽くそうと心に誓った。

「ただ自分が双子だということは、夫にも話していませんでした。ですからお腹に初めての子が宿ったと知ったとき、嬉しいより不安な気持ちになりました」

もし双子を産んだりしたら、『さてはおまえもそうだろう』と、今になって責められるのではないか、離縁されてしまうのではないかと、怖くて仕方なかったという。

さいわい生まれたのは丑之助ひとりだった。その後は懐妊することもなかったので、もう大丈夫だと安心しきっていたのである。

そして二十年近い歳月が流れ、丑之助が思いを寄せている相手が、えびす堂のカメだと知ったとき、お銀は双子の呪縛から抜け出せていない事実に震えあがった。

自分の血を引く丑之助と、双子の片割れのカメ。このふたりが夫婦になったりしたら、また双子が生まれてしまうかもしれない。

「そんな恐ろしい縁組など、とても許せるものではありませんでした。それに、私は心のどこかで、カメさんを嫌っていたかもしれません」

男女の双子として生まれながら、里子に出されることもなく、家族に囲まれて暮らしているのが妬ましかった。カメを嫁に迎えるくらいなら、いっそ鬼の母になってしまったほうが楽だったのだと、お銀は声を震わせて告白した。

「なるほど。あんたの話はよくわかったよ」

　わかったと言いながら、うしろ戸の婆はその場を動かなかった。いつものたね銭の儀式なら、参拝客の願いごとを聞き、貧乏神を祀った祭壇の前で祝詞を上げるのだが、今日は白く濁った右目で、ぱちぱちと瞬きしてみせる。

「じつは、願かけの前に聞いていただきたいことがあります」

　婆の合図を受け、おけいは緊張しつつ口を開いた。

「お銀さまは、〈とりの子屋〉のとさか太夫をご存じですね」

「じかにお目にかかったことはありません。ただ、あなたのお話を聞いて、どのようなお方かは存じ上げています」

　お銀と一緒に鬼の面を作るとき、おけいはたびたびとさか太夫について話した。どちらも張り子の面作りをしており、ちょうどいい話題だと思ったからだが、本当はもうひとつ理由があった。お銀の声を聞いていると、つい太夫を思い出してしまうのだ。

「なぜかとお思いでしょうが、しばし、とさか太夫についてお話しさせてください」

　おけいは身体ごとお銀のほうへ向き直って話しはじめた。

「今から五十年前、太夫は百人町の御家人長屋でお生まれになりました。五歳で実のお母さまを亡くし、後添いのお母さまが次々とご弟妹を産んだため、十歳のときに他家へ預けられたのです」

続けておけいは、波乱にとんだ太夫の人生を語った。

十五歳で祖父のような年齢の隠居に嫁がされ、三年で死別したこと。夫の遺言で無理やり入れられた尼寺では、庫裡に出入りする職人や行商人たちと戯れ、そのうちの一人と駆け落ちまでしたこと。

その男ともすぐに別れ、次から次と相手を替える荒れた生活を送った末、二十五のときに知り合った霊岸島の漁師と所帯を持ったことなど。

「やがて男の子が生まれました。でも家計は貧しく、まだ幼い息子さんをご亭主に任せ、太夫が稼ぎに出ることになりましたが、昔の悪い癖で、仕事にかこつけて遊び歩くこともあったそうです。そんな折、江戸の町を大嵐が襲いました」

その日も馴染みの客と遊んでいた太夫は、次第に激しくなる雨風に阻まれ、家に帰れなくなってしまった。そして翌朝、江戸の沿岸に押し寄せた高潮が、霊岸島の家もろとも、夫と子供をさらっていったことを知ったのだった。

「太夫は激しく自分を責めました。合同の葬儀にも顔を出せず、あてもなく歩き続けるうち、見知らぬ神社の社で不思議な老女と出会ったのです」

このままでは世間に顔向けできない、あの世で子供と夫に合わせる顔もない、と、嘆き悲しむ太夫に、老女はニワトリの面を授け、次の助言をしたという。

——今日からこれで顔を隠して生きてみてはどうかね。

面をかぶって神社を出た太夫は、浅草の宮地芝居を率いていた先代とさか太夫と出会い、一座に加えられた。そこで役者としての才を発揮し、やがては二代目を襲名するまでになったが、不幸は忘れたころにやってきた。今から十年前の火事で、先代と一座の大半を亡くしてしまったのだ。

「その後のことは、以前お銀さまにお話ししたとおりです」

贔屓筋だった〈とりの子屋〉仁蔵に妻として迎えられ、一座の生き残りまで引き受けてもらった恩に報いるべく、客寄せの能楽を続けた。そして今年に入り、高潮で死んだとばかり思っていた息子の獅子丸と、二十年ぶりの再会を果たしたのである。

「わたしが知っている太夫の話は、これでおしまいです」

ひと息ついたあと、おけいは再び口を開いた。

「でも、とさか太夫の人生には、語り尽くされていない事実が隠されていると思うのです。そうですよね——太夫」

おけいが顔を向けた祭壇の裏から、ニワトリの面をつけた当人が現れた。今朝のうちに〈とりの子屋〉を訪ね、出直し神社にきてくれるよう頼んでおいたのだ。

太夫は能舞台の上でも歩くかのような足取りで進むと、驚きに目を丸くするお銀の横に並んで座し、うしろ戸の婆に会釈した。

「おっしゃるとおり、私の話には欠けたところがあります」

ニワトリの面の下から聞こえる声は、お銀とまったく同じである。

「五十年前、私は双子としてこの世に生まれました。その事実を知ったのは、十歳で実家を離れたときです。生後すぐ里子に出された片割れがいたことも聞かされましたが、互いに知らないほうがいいからと、消息は教えてもらえませんでした。その後は己が生きることに精一杯で……」

そう言うと、とさか太夫は震える指先で、ニワトリの面を結わえた紐を解いた。床に落ちた面の下から現れたのは、息を殺して見守るお銀と同じ顔だった。

「ごめんなさい。あなたはどこかで幸せに暮らしているものと、勝手に思い込んでいました。双子を理由に行く先々でいじめられているとは露知らず」

頭を下げて詫びようとする太夫の手に、そっくりなお銀の手が重なる。

「いいえ、私こそ。実家に残った片割れがうらやましいなんて、独り合点で妬んでしまいました。たいへんなご苦労をされたあなたをさしおいて、自分だけ損をしているつもりになっていたとは恥ずかしい」

それ以上の言葉はいらなかった。手を取り合い、互いの顔を見つめ、五十年ぶりのめぐりあいを喜ぶ双子の片割れに、うしろ戸の婆が訊ねる。

「ところで、とさか太夫。あんたにも親にもらった名前があるのだろう」

ああ、そうでした、と、涙をぬぐいながら太夫が笑った。

「私の本当の名は、金と申します」

「金と銀――いいね」

きっと親御さんは娘たちの幸せを願ってつけたのだ、と言って婆が立ち上がった。

いつものように古びた琵琶を持ち出し、貧乏神のご神体が鎮座する祭壇の上に置いて、参拝客を振り返る。

「さあ、今日は特別だよ。二人まとめて願かけをさせてやろう」

望みは何かと問われ、顔を見合わせた金と銀が、やがて同じ声で言った。

「このうえ特別な願いなど思いつきません」

「二人でゆっくり語り合いたいだけでございます」

カッ、カッ、カッ、と、上下一本ずつしかない歯を見せて婆が大笑した。

「それもまたよかろう」

再び祭壇に向かって短い祝詞を読み上げると、双子姉妹の前で琵琶を揺する。

古色蒼然とした琵琶にはネズミに齧られた穴が開いており、婆が揺さぶるたびに穴の中から銭がこぼれ出て、床の上をころころ転がった。

おけいが床を這って拾い集めた十五枚の四文銭を、婆は双子姉妹の前に置いた。

たね銭をどう使うかは、受け取った当人次第。あとは一年後に倍の額を納めればいいだけだと教えられても、姉妹は顔を見合わせてためらっている。

「難しく考えることはない。さっき『二人でゆっくり語り合いたい』と願かけしたばかりじゃないか。この六十文を持って茶屋にでも行ったらどうだね」

たとえば人気のお蔵茶屋などはどうかと勧められ、姉妹の顔が同時に輝いた。

「そうだわ、お銀さま。一度〈くら姫〉へ行きたいと思っていました」

「まあ、お金さま。私もご近所の奥さま方に聞いて憧れていたのです」

六十文の銭があれば、二人でほうじ茶の折敷(おしき)を頼める。今まだ八つ時を過ぎたばかり。これから紺屋町へ案内したとしても、ゆっくり茶と菓子を楽しめるだろう。瓜(うり)ふたつの顔で入店する姉妹を見くらべて、仙太郎たちは目をぱちくりさせるに違いない。

(よかった。きっとこれで依田さまとカメさんの仲も――)

ふと、美しい花嫁に手を差し伸べる若い同心の姿を見たような気がして、おけいは慌てて社殿の外へ飛び出した。

空の青さが眩しすぎて目に沁(し)みた。

◉

秋の夜空に栗(くり)のかたちをした月が浮かんでいる。

簀子縁に座ったうしろ戸の婆が、重箱の中をのぞいて感嘆した。

「こりゃすごい。赤飯にも栗が入っているじゃないか」

「九月十三日の栗名月にちなんだそうです」

おけいは小皿に盛った赤飯を婆の前に置き、高欄にとまってそわそわしている閑古鳥にも分け前をやった。

今宵、八丁堀の依田家で内輪の祝いがあった。四月の吉日に輿入れした新嫁のカメが、めでたく懐妊したのである。

重箱を届けてくれた留吉によると、来春には父親になる丑之助だけでなく、姑のお銀と、その双子の片割れのお金までもが、小躍りをして喜んだという。

『近ごろお金さまは、三日と空けず役宅をお訪ねになるんだ。お銀さまがあちらへ出向かれることもあって、せわしく行ったり来たりしているよ』

お金とお銀は、離れていた五十年の月日を取り戻すかのように会っていた。

互いの家で茶を点てたり、庭先に花を植えたり、たまには連れ立ってお蔵茶屋へ出かけることもある。しかし、姉妹が最も長いときを共に過ごしているのは、張り子の面を作る作業机の前だった。

『そうそう。もうお銀さまは、鬼の面を作るのをやめたんだとさ』

鬼の代わりに作っているのは、縁起のよいお多福の面だ。

お多福は〈おかめ〉と呼ばれることもある。カメに対するお銀の心の持ちようが変わったことがうかがい知れて、おけいは心が温かくなった。

とさか太夫も獣の面をやめて、おかめと対になるヒョットコを作りはじめたらしい。

ぴたりと息の合った姉妹は、今宵のささやかな祝いの席でも、まだ目立たないカメの腹をなでながら言ったそうだ。

『元気な子なら男でも女でもかまいませんよ。ねえ、お金さま』

『一度に二人というのもいいじゃないですか。ねえ、お銀さま』

あながち冗談でもなさそうに、同じ声がねだった。

『ぜひ、双子を！』

本書は、ハルキ文庫のために書き下ろされた作品です。

さ 23-7

そなたの母（はは） 出直し神社（でなおしじんじゃ）たね銭貸し（せんがし）

著者 櫻部由美子（さくらべゆみこ）

2024年4月18日第一刷発行
2024年5月28日第二刷発行

発行者 角川春樹

発行所 株式会社 角川春樹事務所
〒102-0074 東京都千代田区九段南2-1-30 イタリア文化会館

電話 03(3263)5247[編集] 03(3263)5881[営業]

印刷・製本 中央精版印刷株式会社

フォーマット・デザイン＆シンボルマーク 芦澤泰偉

ISBN978-4-7584-4627-3 C0193

http://www.kadokawaharuki.co.jp/[営業]
fanmail@kadokawaharuki.co.jp[編集] ご意見・ご感想をお寄せください。